Lisa

Von Jan Breitkreutz

Buchbeschreibung:

Lisa geht ihren Weg, löst scheinbar unbeirrt ihre Probleme. Doch dann schlägt das Leben einen Haken.

Dieses Buch ist allen bekannten und unbekannten Menschen gewidmet, die mir manchmal unwissentlich mit einem Lächeln durch den Tag halfen.

Möge ein Lächeln Euch durch den Tag helfen.

Über den Autor:

Jan Breitkreutz (* 1964) arbeitete über dreißig Jahre in der IT-Branche, bevor er sich der Schriftstellerei widmete.

Erschienen sind bisher:

Folge dem Sehnen Deines Herzens

ISBN: 9 783 833 465 994

Kopflos...nicht mit mir!

ISBN: 9 783 746 011 189

Lisa

Denn niemand weiß, wohin der Weg Dich führt

Von Jan Breitkreutz

Herstellung und Verlag:
BoD Books on Demand, Norderstedt

kopflosnichtmitmir@gmail.com
https://kopflosnichtmitmir.jimdo.com

Bibliografische Information der Deutschen Bibliothek
Die Deutsche Bibliothek verzeichnet diese Publikation in der
Deutschen Nationalbibliografie; detaillierte bibliografische Daten
sind im Internet über die Adresse http://dnb.ddb.de abrufbar.

1. Auflage, 2018

© Alle Rechte vorbehalten.

Herstellung und Verlag:

BoD Books on Demand, Norderstedt

ISBN: 9 783752 810165

kopflosnichtmitmir@gmail.com

https://kopflosnichtmitmir.jimdo.com

Inhaltsverzeichnis

Prolog

Nach dreißig Jahren postpubertärer Gedanken weiß ich eines ganz sicher: es kommt anders, als man denkt. Glaube nicht an Versprechungen, hänge nicht an Gewesenem. Der Moment ist der einzige, der Dich nicht belügt. Anders ausgedrückt ist es einfacher. Lebe im Hier und Jetzt. Nicht im »Wenn ich mal Zeit habe...«, nicht im »nachdem wir wieder zur Ruhe gekommen sind...« und auch nicht im gegenseitigen Versprechen, sich zu bessern.

Viele Menschen überfordern sich. Am Anfang stehen der gute Wille und der verständliche Wunsch, glücklich zu leben. Doch was machen die Menschen? Wie verbringen sie ihre Zeit? Was und wem laufen sie hinterher?

Manche Erkenntnis lässt auf sich warten, doch der Augenblick kommt, Dinge zu verstehen, die vorher scheinbar wahllos miteinander verknüpft waren. Das manchmal undurchdringliche Dickicht der Erwartungen anderer und auch der eigenen löst sich erst, wenn das eigene ich, die innere Stimme und nicht zuletzt die eigenen Wesenszüge in Harmonie bestehen und schließlich auch mit der Außenwelt in Einklang zu bringen sind.

Wie könnte man es ausdrücken? Vielleicht mit der nun folgenden Erzählung. Sie ist frei erfunden. Ähnlichkeiten mit lebenden Personen sind rein zufällig.

Jan Breitkreutz Dezember 2009

Latte macchiato und ein Aquarium

Lisa schloss die Tür zum Haus auf und warf die Post auf den Küchentisch. Fast schon automatisch füllte sie den Wasserkocher, riss eine Tüte Latte macchiato auf und schüttete den Inhalt in eine Tasse. Gedankenversunken blickte sie zum Aquarium. Die Fische haben es gut, dachte sie und goss das Wasser in die Tasse. Es schäumte. Was zum Teufel haben die da hinein gemischt, dass das so schäumt? Der Gedanke an Waschpulver wurde vom klingelnden Telefon unterbrochen. Sie hetzte zum Apparat und meldete sich mit einem »Hallo«.

»Wie Hallo? Ich bin's Anna. Seit wann sagst Du nur noch Hallo«?

»Ach, ich war gerade abgelenkt,« bemerkte Lisa.

Sie ging zurück in die Küche, um ihren Kaffee weiter zu trinken.

»Waschpulver«, sagte Lisa leise und Anna fühlte sich missverstanden in ihren Erzählungen über den vorangegangenen Abend.

»Wäschst Du gerade?«

»Nein, Anna, entschuldige bitte. Ich habe mir gerade so ein Fertigzeug gemacht. Es heißt zwar Latte Macchiato, schäumt aber wie Waschpulver.«

»Schick es doch der Verbraucherzentrale,« entgegnete Anna.

»Du hast ja prima Vorschläge,« nahm Lisa diese Idee leidig begeistert auf und starrte auf das Aquarium. Fische haben es gut, dachte sie wieder und sah auf das Licht und die Luftblasen. Anna berichtete mehr genervt als begeistert über den tollen Abend, der eigentlich der Anfang einer lange ersehnten Liaison werden sollte.

»Aber weißt Du, was der Mistkerl wollte? Von Anfang an?«

»Ich kann es mir denken. Dir entweder Briefmarken zeigen oder seine Fische, wenn er welche hat.«

»Er wollte mir seine Videosammlung zeigen. Und dann wollte er das nachspielen, was die da zeigen.«

»Ich nehme an, Anna, es ging nicht um Kung Fu oder andere sportliche Dinge?«

»Nicht im Geringsten,« wiegelte Anna Lisas Versuch ab, die Sache in die humorvolle Ecke zu bringen. Lisa holte tief Luft und setzte zu einem weiteren Versuch an, Anna zu trösten.

»Weißt Du, so sind eben Männer,« hörte sie sich sagen, fand diesen Satz mehr als eintönig, vorurteilsbehaftet und unüberlegt. »Anna, weißt Du eigentlich, welche Temperatur Fische aushalten?«

»Wie kommst Du denn darauf? Keine Ahnung, vierzig oder so bestimmt.«

»Aber keine achtundsechzig?« Erkundigte sich Lisa schüchtern. Sie hob die Abdeckung des Aquariums an und wusste, dass der Nachmittag gelaufen war. Es waren Jonas Fische und er liebte sie. Was war passiert? Sie untersuchte, während Anna weiter fabulierte, das Inventar des Aquariums und merkte, dass sie dem Gespräch nicht mehr richtig folgte.

»Anna, Liebes, ich habe jetzt gerade wirklich ein Problem. Lass uns doch heute Abend darüber reden, ja? Ich bin so gegen acht bei Dir und dann überlegen wir uns, welche Bewirtung wir uns heute zu Teil werden lassen? Ist das ok?«

»Aber sicher, Lisa. Putz Dich mal ein bisschen raus, ich mache mir schon Sorgen über Deine Erscheinung.«

»Wieso? Was ist denn daran falsch?«

»Lieblos, Süße, richtig lieblos. Also, bis später!«

Lisa drückte den Knopf am Telefon, ließ sich auf den Stuhl fallen, der dem Problem am nächsten stand und betrachtete die Misere. Sie untersuchte die elektrischen Geräte des Aquariums auf lose Kabel oder sichtbare Schäden, konnte aber nichts finden. Das Thermometer zeigte mittlerweile ein Grad weniger an. Vorsichtshalber zog sie alle Stecker aus den Dosen und kontrollierte die Sicherungen. Die Gefahr war gebannt. Die Fische sahen traurig aus. Lisa holte eine Plastikschüssel und ein Sieb und befreite sich durch einen beherzten Schwung mit dem Handgelenk von diesem jämmerlichen Anblick. Sie überlegte kurz, verschwand im Bad und befahl sich selbst, nicht darüber nachzudenken, ob ihre Handlung gerade sehr pietätvoll war. Lisa nahm aus ihrer Handtasche das Päckchen Tabak, Papier und Filter. Während sie sich eine Zigarette drehte, sah sie auf die Post. Was für ein Berg da jedes mal kommt, dachte sie, zündete sich die Zigarette an während sie sich setzte und öffnete anschließend alle Briefe. Werbung legte sie Stefan, ihrem Mann, auf ein Häufchen. Rechnungen wollte sie gleich lesen und sonst gab es noch eine Karte von Helga und Karl-Heinz, ihren Schwiegereltern, aus Mallorca. Die Sonne scheint, das Essen ist reichlich, wir können das Hotel empfehlen, stand dort mit krakeliger Schrift geschrieben. Lisa sortierte die übrige Post. Ihre Aufmerksamkeit fiel auf die Stromrechnung. Sie versuchte zu sparen, wo es ging, Stefans Einkommen reichte zwar, um gut zu leben, aber unnötige Ausgaben waren ihr ein Stein im Magen, sogar die Zigaretten, die sie bis vor kurzem lange nicht mehr angerührt hatte, drehte sie selbst. Außerdem wollte sie sich einen Wunsch erfüllen und verreisen. Ganz alleine oder vielleicht mit Anna, wenn diese denn mal Zeit finden würde in ihrem Job. Lisa wurde kreidebleich. Das, was dort geschrieben stand, verursachte bei ihr einen deutlich erhöhten Puls. 752,- Euro Nachzahlung, las sie und wedelte mit dem Blatt herum. Ihre ganzen Ersparnisse? Die erhöhte Abschlagszahlung bedeutete, dass sie sich noch viel weniger zurücklegen konnte, als sie geplant hatte. »Nein«, schrie etwas durch ihren Kopf. Gefolgt von einer Kaskade aus »Warum«, »Wieso« und »Weshalb«. Lisa zog an ihrer Zigarette und nahm einen Schluck Waschpulver macchiato. Sie wusste nicht, was sie in diesem Augenblick mehr anekelte. Der chemische Versuch einer Kaffeeimitation oder die Drohschrift eines Energiekonzerns. Wir bitten Sie, den offenen Betrag umgehend auszugleichen, die neu berechnete Abschlagsanforderung ist zum gleichen Zeitpunkt fällig.

»1000,- Euro futsch«, sprach Lisa laut aus und spürte eine Resignation in sich aufkommen. Sie überlegte, was der Grund für den gestiegenen Verbrauch gewesen sein könnte. Ihr fiel Rob, der Dalmatiner ein. Nicht, dass er der Grund für erhöhten Stromverbrauch sein könnte. Lisa hatte vergessen, ihn aus dem Garten zu holen, wo er brav in der Hütte wartete, während sie die morgendliche Routine erledigt hatte.

»Weißt Du was, mein Guter?«, Rob wusste es nicht, tat aber sehr wissend und wedelte mit dem Schwanz.

»Wir gehen jetzt Gassi und ich kann nachdenken und mir ein neues Päckchen Tabak holen. Das wird heute sowieso nichts mit meiner Internet-Auktion für Herrchens Motorrad. Da gibt es jemanden, der sehr viel Geld hat und noch viel mehr möchte. Ich möchte gerne den Grund in Erfahrung bringen. Komm mein Guter«, sagte Lisa leise zum brav sitzenden Rob. Sie wusste, dass laute Worte einen Hund sehr erschrecken können, und sprach immer sehr gedämpft mit ihrem Dalmatiner. Beide stapften Augenblicke später über die angrenzende Wiese und spielten Hundespiele. Weit werfen, im Kreis rennen und Fang-den-Hund. Als Lisa ihre Gedanken los lies und nicht mehr an die Stromrechnung dachte, fiel ihr ein, einfach bei der Firma anzurufen und sich dumm zu stellen. Sie war zufrieden mit diesem Gedanken und streichelte Rob, der bereits wieder an ihrer Seite saß und darauf wartete, nach dem Stöckchen laufen zu dürfen. Während Rob eine Spur verfolgte und langsam über die Wiese schlich, erinnerte sich Lisa, wie sie zu Rob kam. Ihre erste Begegnung lag viereinhalb Jahre zurück. Anna hatte damals eine Beziehung zu einem aristokratischen Angeber und bildete sich ein, außer dem obligatorischen Cabrio und dem plötzlich schon immer gewesenen wöchentlichen Friseurbesuchen auch einen Dalmatiner haben zu müssen. Was Anna damals vergaß, waren die Konsequenzen eines Tierkaufs. Also war erst der aristokratische Angeber verschwunden, dann das Cabrio gegen einen günstigeren Sportwagen umgetauscht und schließlich Rob in der Wohnung alleine gelassen worden. Lisa liebte Hunde über alles, warum wusste sie nicht, aber als Anna ihr alles erzählte, gab es für sie keine Zweifel. Der Hund hatte ein neues zu Hause. Lisa stieß einen gellenden Pfiff aus, da ihr Hund sich schon weit entfernt hatte. Rob horchte aufs Wort und raste mit hohem Tempo heran, um kurz vor Lisa zu stoppen und sich zu setzen. Er bekam eine Streicheleinheit und eine Belohnung. Er freute sich darüber so sehr, dass er seine Schnauze an Lisas Bein rieb und trottete neben ihr her, als sie wieder ins Haus gingen. Lisa kippte den Rest des künstlichen Kaffees weg, trank einen Schluck Saft und griff zum Telefon. Sie wählte die Nummer des Energiekonzerns und hörte einen Augenblick später eine tiefe Stimme.

»... AG, ihr Energieberater, was kann ich für sie tun?«

»Norman, Guten Tag. Wie war bitte ihr Name?«, meldete sich Lisa. »Stark. Thomas Stark«, antwortete die Stimme.

Lisa kam nicht richtig in Gang. Die tiefe der Stimme hatte sie überrascht, weil sie eine weibliche Stimme erwartet hatte. Sie hielt nicht viel von übertrieben Freundlichkeitsfloskeln in meistens gleichwohl übertriebener hoher Stimmlage, die nur dazu dienten, einen guten Eindruck zu erwecken.

»Ich habe eine Rechnung bekommen«, begann Lisa.

»Das tut mir aber leid«, antwortete ihr Gesprächspartner.

»Es tut Ihnen leid, dass ich eine Rechnung bekommen habe?«

»Nein, sie missverstehen mich gerade. Ich wollte sagen, es tut mir leid, aber in unserer Serviceabteilung findet gerade eine Versammlung statt, ein Meeting, wissen sie und da habe ich das Telefon bedient.«

»Das macht doch nichts, das muss ihnen doch nicht leid tun.«

»Nun ja, wirklich leid tut mir nur, dass ich ihnen wahrscheinlich nicht helfen kann. Aber genau genommen weiß ich das gar nicht.«

Lisa war überrascht über die offene Art des Mannes und berichtete ihr Anliegen.

»Sie glauben der Rechnung nicht? Das passiert aber oft. Da werden Stromtarife verwechselt oder falsch berechnet und dann können wir nachweisen, wieso es doch stimmt. Da haben wir dann jede Menge zu tun.«

»Nun, ich weiß nicht wie sie es handhaben, aber ich kenne normalerweise schon den Verbrauch meiner Waschmaschine und meiner anderen Geräte. Rechnen kann ich auch und mir kommt es einfach spanisch vor. Aber entschuldigen Sie mich, wenn ich sie störe, es ist ja ohnehin nicht ihre Aufgabe.«

»Wissen sie was?«, fuhr die Stimme ihrem Rückzug in die Seite. »Ich habe gerade meinen Computer neu gestartet und mich im System angemeldet. Ich möchte gerne herausfinden, ob ich ihnen helfen kann. Ich kenne das System nur von der Datenbank her, also benötigen Sie bestimmt etwas Geduld aber wir werden das schon herausfinden. Wäre es ihnen recht, wenn ich sie zurückrufe?«

»Ja, gerne.«

Lisas Erstaunen war deutlich hörbar. Sie legte auf und merkte, wie ein Gedankenblitz durch ihren Kopf ging. Sie hatte vergessen, dem Herren ihre Telefonnummer zu geben, wurde aber bereits durch das Klingeln unterbrochen und meldete sich diesmal ordentlich mit ihrem Namen.

»Frau Norman wir könnten dann loslegen. Irgendwo auf ihrer Rechnung muss eine sechsstellige Nummer stehen, die mit 5 beginnt. Das ist ihre Kundennummer, über die habe ich Zugriff auf ihren Zähler und damit auf die Verbrauchswerte.«

Lisa nannte Thomas Stark die Daten, wartete geduldig, wie er im Hintergrund in die Tastatur tippte und hörte sein summen. Es war ein Lied, dass er summte. Sie erkannte Bon Jovi und stimmte in das Summen ein.

»Thank you for loving me«, sang die Stimme kaum wahrnehmbar.

Lisa errötete und fragte völlig verdutzt ein »Wieso?« in den Hörer. »Na, Bon Jovi, das Lied heißt doch so?«

»Ach so, natürlich«, entgegnete Lisa.

Ihr war es peinlich, wie sie reagiert hatte, aber die Stimme lachte nur freundlich und stellte auf einmal fest, dass die Datenbank auskunftsfreudiger zu sein schien, als er selbst erwartet hatte.

»Ich habe alle Bewegungssätze abgerufen und sie mit den Kontrollsätzen verbunden ...«

»Computer sind nicht so mein Fachgebiet,« erläuterte Lisa und wollte möglichst höflich um die zu erwartenden Ausführungen herum steuern.

»Technisch bin ich nicht so bewandert, wissen sie? Ich bin ja nur eine Frau.«

»Oh, verzeihen Sie, dass ich sie mit meinem Gefasel langweile, das kann ich verstehen, aber wir Programmierer sind etwas na ja, im Elfenbeintürmchen. Aber gegen das Ich bin ja nur eine Frau erhebe ich Einspruch.«

»Stattgegeben, Herr Staatsanwalt,« erwiderte Lisa und war erleichtert über ihr Geschick das Gespräch von der technischen Ebene weggebracht zu haben.

»Ich gehe das mal durch, Moment bitte,« fuhr Thomas Stark fort. »Ach das tut mir jetzt aber leid, dass ich sie so in Anspruch nehme, wissen sie, ich wollte doch nur...«, Lisas Stärke war nicht im Bereich der unschuldig ausweichenden Frau. Sie wusste, was sie wollte und sagte es in der Regel auch.

»Ich helfe ihnen wirklich gerne. Ich lerne gerade mehr über die Datenbank, als wenn mein Teamleiter hier Theorie verbreitet. Es ist wirklich in Ordnung.«

Es verging ein kurzer Moment, bis Lisa den Mann wieder sprechen hörte.

»Sie haben komischerweise gleichbleibende Verbrauchswerte bis zum September letzten Jahres. Dann ist es sprunghaft gestiegen. Spricht man Sie Normän oder Normann aus?«

»Normän, englisch, der Name kommt aus England, wissen sie.« »Man hört gar keinen Akzent, aber ein schöner Name.«

»Danke, aber nur der Name kommt aus England. Ich nicht. Was ist nur im September letzten Jahres passiert?«

»Also ich hatte einen Umzug, aber was bei Ihnen los war weiß ich nicht so genau. Ich habe hier nur stark gestiegene Werte in der Zahlenreihe. Dann aber wieder gleichbleibend auf höherem Niveau.«

»Mir fällt leider nichts ein, tut mir leid«, Lisa war es fast peinlich.

»Das muss ihnen nicht leid tun. Ich helfe ihnen einfach. Haben Sie Kinder? Haben die vielleicht Zugang zu Computern oder Fernseher? Vielleicht hat Ihr Mann auch ein großes Gerät gekauft, einen Häcksler für den Kompost oder eine neue Gefriertruhe?«

»Herr Stark, ich glaube ich weiß, was es ist. Dass ich da nicht gleich drauf gekommen bin, ist mir fast peinlich. Mein Mann hat meinem Sohn ein Aquarium gekauft.«

»Aquarium sagen sie? Wie groß ist es denn?«

»Ich schätze es auf eine Armlänge in der Tiefe und ... ach was, 750 Liter. Ich wollte ja ein kleines, aber mein Mann war wieder mal der Superpapa und musste das Größte besorgen, Männer eben, wissen sie? Oh, Verzeihung, ich wollte sie nicht beleidigen.«

»Das könnten Sie gar nicht. Jedenfalls nicht damit«, lachte Thomas Stark und schmunzelte ein - Männer eben - in sich hinein.

»Nun, sie können davon ausgehen, dass so ein großes Aquarium locker den Stromverbrauch einer Familie verdoppelt. Ich kenne die Werte nicht ganz genau, aber habe mal für meinen Sohn nachgeschaut. Ich sollte mir eines kaufen, er hätte es schön gefunden, weil er auch eines hat.«

Lisa realisierte, dass sie gerade erfahren hatte, dass die angenehme Stimme einen Sohn hatte. Aber im gleichen

Augenblick war ihr ja klar, dass sie auch einen hatte und eine Tochter nebst Mann und glücklicher Ehe und keinen Grund über diese Tatsache so enttäuscht zu reagieren.

»Aber meine Exfrau muss ja nun den Strom bezahlen, so ist das eben dann«, pointierte die Stimme fast etwas süffisant, wie Lisa herauszuhören meinte.

»Kann ich ihnen noch weiter helfen, Frau Norman?«

»Nein, vielen herzlichen Dank Herr Stark. Sie haben mir sehr weiter geholfen. Vielleicht habe ich ja noch mal so ein Problem, ich meine, ich hoffe nicht, aber wenn dann würde ich mich nochmal melden.« »Das würde mich sehr freuen, schönen Tag noch, auf Wiederhören Frau Norman.«

»Auf Wiederhören.«

Lisa sank in den Stuhl und blickte verträumt auf Rob, der es sich gemütlich gemacht hatte und an ihren Füßen schnarchte. Thomas Starks Stimme klang in Ihren Ohren nach. Eine weiche, tiefe Stimme, die Vertrauen weckte, ohne väterlich zu wirken, in ihrem sanften Klang die Sehnsucht nach Harmonie hervorrief. Das Wort Exfrau ging Lisa durch den Kopf. Lisa war ganz benommen. Einerseits von den Tatsachen, andererseits von ihren Gefühlen, die so gar nicht in ihre Gedankenwelt passten. Warum hatte sie eine gewisse Erleichterung bei dem Wort Exfrau verspürt? Und warum saß sie schon minutenlang auf dem Hocker in der Küche, den Telefonhörer in Hand drehend, eine fremde Stimme im Kopf? Es passte so gar nicht in das, was sie sonst dachte. Das gehörte doch nicht in ihren Kopf? Stefan war ein lieber und treuer Mann. Lisa fand, dass ihre Ehe als glücklich zu bezeichnen wäre. Wäre? Wäre, ist ein Wort um etwas in Frage zu stellen, aber das hatte sie in Bezug auf ihre Ehe noch nie getan. Sie war sich sicher, verwirrt zu sein und schloss diese Gedanken damit ab. Als sie sich erhob, spürte sie, dass ihre Füße unter einem halben

Zentner Hund begraben waren und versuchte sich vorsichtig zu befreien. Rob blinzelte, räkelte sich und gähnte wie nur Hunde gähnen können. Mit weit aufgesperrtem Maul, lautem Ton und dem typischen Geruch. Lisa fand das irgendwie normal, sie hatte noch nie darüber nachgedacht, wie sie gähnte, verspürte aber einen gewissen Unterschied zwischen dem Gähnen ihres Fußwärmers und ihrem eigenen. Rob entließ noch andere Töne, setzte sich neben sie und fand, er hätte eine Belohnung verdient. Lisa musste ihn einfach knuddeln und merkte, dass Rob sie gerade tröstete. Exfrau ging ihr durch den Kopf. Sie stürmte ins Bad, zog sich aus und stellte sich unter die Dusche. Das kalte Wasser sollte ihre Gedanken fortspülen. Während dessen musste ihr Sohn Jonas von der Schule gekommen sein und gesehen haben, was passiert war. Lisa hörte einen Schrei wie sie nur männliche Teenager ausstoßen können. Laut, grell und manchmal dem eines brunftigen Truthahnes nicht unähnlich. Jonas war gerade im Stimmbruch und darum konnten sich seine Stimmbänder wahrscheinlich nicht auf die Tonhöhe einigen. Lisa sorgte sich und hetzte mit einem Handtuch um den Körper einen Stock tiefer in die Küche.

»Knöpfchen«, sagte sie mit sanfter Stimme. »Es tut mir leid, irgendetwas muss an dem Thermostat nicht in Ordnung gewesen sein. Ich habe sie vorhin tot aufgefunden. Das Thermometer zeigte achtundsechzig Grad.«

»Ich bringe sie um«, tönte Jonas laut und blickte wütend auf das leere Aquarium.

»Niemanden wirst Du umbringen und Kathi hat damit ganz sicher nichts zu tun«, versuchte Lisa, ihren Sohn von der Palme zu holen. Aber er erklomm nur noch höhere Gefilde des Zorns.

»Sie mag meine Fische nicht, das weißt Du doch!«

»Jonas, bitte, beruhige Dich und unterstell' Deiner Schwester keine terroristischen Attentate auf Deine Fische. Du kennst ihre Fürsorge für Tiere. Sie ist so behutsam, kann nicht mal einem Wiener Würstchen etwas zu leide tun, geschweige denn die Fische kochen.« Jonas hatte Tränen in den Augen, war aber nicht mehr ganz so weit in den Palmenkronen und feuerte resigniert seine Tasche in die Ecke. Rob hatte Mühe auszuweichen und verstand den Luftangriff auf seinen Schlafplatz nicht ganz.

»Siehst Du, fast hättest Du Rob getroffen,« fuhr Lisa ihren Sohn an. »Beruhige Dich gefälligst und mach hier nicht alles kaputt.«

Jonas stürmte in sein Zimmer und schmiss die Tür hinter sich zu. »Jonas?« Rief Lisa und wartete einen Augenblick, ob er vielleicht wieder kommen würde wie früher, als er kleiner war. Zorn hatte nie lange bei ihm angehalten und meistens kam er um sich in Lisas Arm zu trösten. Aber sie hörte nichts. Stattdessen schlich Rob in die Küche zurück um nach dem Rechten zu sehen. Lisa blickte auf die Uhr. Katharina müsste auch bald von der Schule kommen. Sie legt eine Bon Jovi CD in den Player, nestelte Tabak, Papier und Filter hervor, wippte im Takt der Musik und zündete sich eine Zigarette an um einen Schlachtplan zu schmieden, wie Sie Jonas beruhigen konnte. Neue Fische kaufen? Ein Spiel für seine Konsole, um ihn abzulenken? Sie ging einfach die ganze Palette an Möglichkeiten, Teenager zu trösten, durch. Während dessen fiel die Haustür ins Schloss und ein - Mama - erfüllte den Raum.

»Kathi«, rief Lisa. »Ich bin in der Küche. Na meine Kleine? Wie geht's Dir?«

»Prima«, trällerte Kathi. »Und Dir?«

»Durchwachsen.«

»So nennst Du doch immer die Koteletts von Papa.«

»Für Papa,« Lisa schmunzelte. »Wir machen ja keine Koteletts aus dem Papa, sondern für ihn.«

»Für, von, Deutsch hatte ich heute schon genug. Schule ist langweilig. Warum muss ich denn da hin gehen?«

»Ach, Kathi. Das ist eine lange Geschichte. Einmal weil Du später ja etwas vernünftiges arbeiten möchtest und zum anderen, damit Du weißt, wie das Leben funktioniert.«

»So etwas wie Du arbeiten? Du bist doch auch mal zur Schule gegangen und alles was Du jetzt machst ist mit Rob spazieren gehen.«

»Ich mache schon noch mehr, aber das siehst Du meistens nicht.« »Ja, die Weihnachtsgeschenke einpacken, verstecken und dann so tun als wenn sie vom Weihnachtsmann durch den Schornstein gebracht werden.«

»Ja genau. Äh ... Kathi! Hat Jonas Dir etwa alles erzählt?«

»Schon lange Mama, aber es ist schön zu sehen, wie Du und Papa immer die gleiche Geschichte erzählen und euch dann doch verplappert.«

»Außerdem mache ich noch mehr als das. Ich kümmere mich um den Haushalt, kaufe ein und repariere alles im Haus«, fügte Lisa hinzu. »Das machen doch die Männer immer,« wiegelte Kathi ab.

»Sollten sie, wenn sie Zeit haben. Aber meistens kommen sie spät aus dem Büro und fallen dann müde ins Bett.«

»Papa kommt nicht aus dem Büro, der kommt aus dem Auto.«

»Mit dem er morgens ins Büro gefahren ist.«

»Ich sehe ihn nur Autofahren. Ist das so wie mit dem Weihnachtsmann? Ihr denkt euch etwas aus, aber wisst es gar nicht?« Lisa war etwas irritiert über Kathis Frage.

»Natürlich wissen wir es. Für Autofahren bekommt man kein Geld.« »Doch, Ludwigs Vater schon.«

»Ludwigs Vater ist Kurierfahrer.« Lisa wollte das Gespräch langsam auf ihre Probleme und ihre Frage bringen, wählte dann aber den direkten Weg.

»Sag mal, Kathi, meine Kleine,« leitete sie die Frage, wie sie fand, elegant ein.

»Ja, Mama, meine Große?« Fragte Kathi mit sehr erwachsen klingendem Ton zurück.

»Hast Du vielleicht etwas mit dem Aquarium gemacht? Daran herumgespielt oder etwas verstellt?«

»Darf ich ja gar nicht.« Kathi war es streng verboten worden die Fische zu füttern oder irgendwie an den Geräten herumzuspielen. Sie hielt sich daran.

»Warum?«, fragte sie nach. »Ist etwas passiert?«

»Sie sind alle tot, weißt Du. Ich habe sie vorhin oben an der Oberfläche schwimmend gefunden.«

Kathi weinte. Sie mochte Fische nicht besonders, aber sie hatte Mitleid mit jedem Tier und darum auch mit den Fischen. Kathi weinte aber so hemmungslos, dass Lisa ganz beunruhigt war.

»Was ist denn los mit Dir? Was ist denn, Kathi?« Sie nahm ihre Tochter in den Arm, zog sie auf ihren Schoß, um sie zu trösten. »Kathi, bitte sag mir doch was los ist. Ich schimpfe auch nicht.«

»Mama,« schluchzte Kathi. »Du darfst Jonas nichts erzählen. Bitte. Er ärgert mich dann wieder.«

Lisa legte ihre Stirn in Falten. Diese Wendung hatte sie nicht erwartet. Sie war gespannt auf die nächsten Worte und fokussierte Kathi in Erwartung einer Beichte.

»Jonas hatte vor ein paar Tagen seinen PC angelassen. Und da bin ich neugierig geworden und habe gelesen, was darauf stand.«

»In seinem Chat?«

»Ja, in dem Programm, wo er sagt, das darf niemand lesen, das sei geheim.«

Lisa hörte ruhig zu und unterbrach Kathi nicht.

»Dort stand etwas von Thermometer ausschalten und dann hast Du Ruhe.«

»Kathi, könnte es Thermostat geheißen haben?«

»Ja, Mama. Ich glaube schon. Aber bitte nichts sagen.«

Schweigen breitete sich im Raum aus. Lisa drückte Kathi ganz fest an sich, verkniff sich eine Träne und schluckte den aufkommenden Zorn hinunter.

»Ich muss jetzt Koteletts für Papa holen und noch ein paar Besorgungen machen. Das mit dem Aquarium muss ich erst mit Papa besprechen und dann sehen wir weiter. Vorerst bleibt alles unter uns, meine Süße. Danke für Dein Vertrauen und nun mach Dich bitte an die Hausaufgaben, ja?«

»Mama, bitte nichts sagen, ich möchte keine Spinne im Bett haben oder so. Das stand nämlich schon vorher mal auf dem Computer.«

»Das wird ja immer besser. Nein beruhige Dich Kathi. Wir werden das Problem so angehen, dass Du keine Spinne im Bett findest.«

Lisa versuchte, ihre Gedanken zu sortieren, fand aber nur einen sehr dünnen Leitfaden, an dem sie sich entlang zu hangeln versuchte. Bank, Metzgerei oder anders herum. Wahrscheinlich konnte sie den Abend mit Anna in den Wind schreiben, aber das war jetzt nicht das dringendste Problem. Lisa brachte Rob in den Garten, band ihn an der Hundehütte fest, stand auf, kniete sich wieder hin, band Rob wieder los und war sichtlich verwirrt.

»Du kommst jetzt einfach mit«, nuschelte sie vor sich hin und marschierte zum Auto. Stefan hatte Lisa einen Kleinwagen gekauft, damit sie auf dem abgelegenen Dorf mobiler war und nicht immer die Nachbarn fragen musste, ob sie mitgenommen werden konnte. Gekauft war auch nicht ganz passend, der Wagen war geleast, was Lisas Finanzplänen einen Strich durch die Rechnung gemacht hatte, da die Raten nicht so niedrig waren wie in der Werbung angenommen.

»Diese blöde Kiste«, schimpfte Lisa das für sie monumentale Artefakt fehlgeleiteter deutscher Ingenieurskunst der ersten Fachhochschulklasse an. Immer wenn die Beifahrertür geöffnet worden war, musste sie kurz Platz nehmen und wieder aufstehen, weil der Bordcomputer sonst anzeigte, der Beifahrer hätte sich nicht angeschnallt.

»Diese Trottel, das war bestimmt ein Mann,« schimpfte sie vor sich hin und dachte an Thomas Stark den Programmierer, bemerkte, dass ihr Satz auf ihn ganz bestimmt nicht zutreffen konnte und fügte innerlich hinzu, vielleicht möge es auch eine Frau gewesen sein, aber dann eine mit einer dicken Hornbrille und einem Dutt. Lisa lachte bei dieser Vorstellung in sich hinein, wurde aber jäh vom Klingeln ihres Handys unterbrochen.

»Ja Hallo?« Sagte Lisa leise in den Apparat und steuerte den Wagen an den Straßenrand. Während sie anhielt, hörte sie Maschinengeräusche im Hintergrund.

»Ich bin's Schatz!«, vernahm sie Stefans Stimme. »Ich muss heute noch nach Köln, bei einem Projekt ist etwas schief gelaufen. Du weißt wie mein Chef da reagiert, es geht um viel Geld.«

»Ich brauch Dich heute, Stefan. Bitte versuch' das zu verschieben«, bettelte Lisa.

»Das geht leider nicht mein Schatz. Es ist wirklich dringend, ich bin übermorgen Abend wieder da. Geht bei Dir alles soweit klar?«

»Ja, natürlich, außer den kleinen Dingen, Du weißt ja,« lies Lisa ihren Mann im Unklaren, weil sie wusste, dass er begann Fehler zu machen, wenn sie ihn mit zu vielen Dingen gleichzeitig bombardierte und ihn in eine Zwickmühle manövrierte.

»Fahr bitte vorsichtig, hörst Du?«

»Ja klar, ich hab' Dich lieb! Tschüss!« Rief Stefan in den Hintergrundlärm und legte auf.

»Ich Dich auch,« flüsterte Lisa in das Handy, obwohl sie wusste, dass die Verbindung schon beendet war. Ich Dich auch, ging Lisa nochmal durch den Kopf. Wieso sollte sie ihn eigentlich lieb haben, wenn er sie mit diesem Alltagskäse auch noch alleine lies? Kann ein Mann nicht mal Prioritäten setzen? Könnte er nicht vielleicht das Projekt von der Ferne aus steuern und ihr Mal helfen? Sie hatte hier auch ein wichtiges Projekt. Teenagerpsychologie und Haustierersatz. Das Aquarium war auch Deine Idee. Kaufen, hinstellen, toll fühlen, weil großartiger Papa, Stromrechnung und Folgeerscheinungen nebst Auslöschung derselben durch Beschenkten inklusive und dann verschwindibus auf die nächste Baustelle, Herr Architekt. Wenn Du wenigstens mehr Geld verdienen würdest, dann hätte ich keine Sorgen wegen einer einzigen Stromrechnung. Lisa bemerkte einen sehr zynischen Unterton in Ihren Gedanken, den sie sonst nicht kannte. Es muss mittlerweile so viele Architekten geben, dass sie nicht mehr sehr viel verdienen und Jobs für Firmen machen mussten, die eigentlich vor das Haager Kriegstribunal gestellt gehörten, befand Lisa und erkannte eine Gedankenwendung die ihr gefiel. Sie schmunzelte und schaute zu Rob, der während Lisa wieder losfuhr, seine Schnauze auf ihr Bein gelegt hatte. Er ahnte, dass es in Richtung Metzgerei gehen sollte und freute sich schon sichtlich auf ein Stück Würstchen. Er liebte Ausflüge ins nächste Dorf, da es meistens etwas leckeres gab. Unterwegs wurde man durch die Gegend geschaukelt und konnte dösen, was gab es Schöneres. Lisa spürte Robs Zufriedenheit und blickte immer wieder kurz zu ihrem Dalmatiner. Fast neidisch dachte sie daran, was sie als Mensch alles mitmachen musste und wurde immer zorniger. Ihr Sohn schien heimliche Anschläge auf Haustiere zu verüben, die Schuld auf seine Schwester zu schieben und dann auch noch Wutausbrüche vorzutäuschen. Die Stromnachzahlung, der blöde Wagen mit seinem vermurksten Bordcomputer, Jonas' ominöse Computerspinnereien. Stefans Job und ihre eigene Verantwortung für den ganzen Familienbetrieb, die Kindererziehung und ... Lisa erreichte die Bank. »Du wartest kurz hier, ja?« Sagte Lisa zu Rob und stieg aus dem Wagen, umrundete ihn und öffnete dann doch die Beifahrertür. Ihr waren verantwortungslose Mitmenschen eingefallen, die ihren Hund oder gar die Kinder in einem abgeschlossenen Wagen stehen ließen und weggingen. Was, wenn ihr etwas passieren würde? Der Hund würde jämmerlich eingehen. Lisas Fantasie spielte verrückt. Sie war stolz auf sich, nicht verantwortungslos zu sein, und marschierte in die Bank. Erst der Geldautomat und dann die Kontoauszüge? Der Auszugsdrucker war besetzt, also hob sie zuerst ihr Haushaltsgeld ab. Lisa achtete nicht auf die Anzeige und tippte automatisch die Tasten. Erst als nach der Buchung der noch verfügbare Saldo angezeigt wurde, blickte sie kurz hin. Das war am Limit, dachte sie. Das konnte aber nicht sein. Lisa war zwar keine Buchhalterin, hatte aber genau ihre Salden im Gedächtnis und achtete auf Überziehungen des Kontos. Die Zahl war schon wieder weg, als sie nochmals genauer hinsehen wollte. Der

Auszugsdrucker war frei und sie schob ungeduldig die Karte in den Schlitz. Lisa nahm hastig die Ausdrucke, die Kontokarte und Rob, der die vermeintliche Metzgerei sehr langweilig fand und eher enttäuscht einem sehr verwirrten Frauchen folgte. Als Lisa vor der Metzgerei angekommen war, der kurze Weg von der Bank hatte ihr keine Zeit gelassen auf die Auszüge zu blicken, nahm sie auf einer Holzbank vor dem Laden Platz und fing an zu lesen. Depotgebühren las sie und Effekten. Sie blickte auf den Saldo und wurde kreidebleich. Heute war der 5. des Monats und das Konto war bis auf 50,- Euro am Überziehungslimit. Die Stromrechnung!, zischte ein Gedanke durch ihren Kopf. Lisa war durcheinander und in Gedanken wollte sie Reißaus nehmen. »Aber das geht ja nicht«, flüsterte sie ihrem freudestrahlenden Hund zu. »So, nun sitzen wir vor der Metzgerei, wo wir gar nicht hin mussten, weil der einzige, der Koteletts mag, heute gar nicht da ist und morgen auch nicht, der Doofe!« Rob verstand natürlich gar nichts und handelte auch entsprechend. Er zog Lisa in Richtung des Duftes, der ihm in die Nase stieg. Sein Frauchen verstand, befahl ihm zu warten und ging in die Metzgerei. Sie kaufte etwas Aufschnitt und ein Würstchen für Rob. Als Lisa wieder im Auto saß, dachte sie kurz daran, wie sie die Probleme lösen wollte. Ihr fiel aber nur Gejammer ein und so beschloss sie, ihre Gedanken jetzt am späten Nachmittag auf einer Wiese unterwegs zu zerstreuen.

»Wir denken jetzt mal ganz viel nach«, befahl Lisa sich selbst und steuerte den Wagen auf einen Feldweg zwischen den Ortschaften. Sie konnte die entfernte Kirche des typisch bayerischen Dorfes sehen, in dem sie mit ihren Kindern und ihrem Mann lebte. Die Kirche hatte eine kugelförmige Spitze und erinnerte sie an die Urlaubstage ihrer Kindheit.

Die zahlenmäßig überschaubaren Einwohner hatten alle sehr hübsche Häuschen gebaut, die Städter in immer größer werdender Zahl anlockten. Es gab einen großen Abstand zwischen den Einheimischen und den Zugezogenen, weshalb Lisa sich oft alleine fühlte und nicht wusste, wie sie Kontakte knüpfen sollte. Sie hatte es über die Spielgruppen der Kinder und später über Hilfstätigkeiten in der Schule versucht, aber keine Menschen gefunden, denen sie sich wirklich anvertrauen wollte und so blieb es bei nachbarschaftlichen losen Gesprächen und dem einen oder anderen Grillfest. Das Haus, in dem sie zur Miete wohnten, war neu gebaut worden, als sie einzogen und hatte einen großen Garten, der Lisa viel Arbeit machte, was ihr aber sehr viel Freude bereitete, wie sie bei jedem sich bietenden Anlass vorspiegelte. Stefan hatte diese Umgebung ausgesucht, weil er fand, dass die Kinder mehr Platz und Spielmöglichkeiten als in der Stadt hätten. Eine Hochhaussiedlung sei kein zu Hause für Kinder, hatte er behauptet und damit Lisas Gedanken an Freunde und Bekannte, Einkaufsmöglichkeiten und Abwechslung entkräftet. Als die Kinder klein waren und Rob hinzukam, fand Lisa, dass ihr Mann recht gehabt hat. Über die Dauer dieser Entscheidung sprach aber keiner von ihnen und das schien Lisa schon seit geraumer Zeit zu bedrücken. Die Kinder waren mobiler geworden und trafen sich lieber mit Freunden oder waren, wie Kathi, viel bei den Pferden. So saß Lisa oft alleine im großen Haus und kümmerte sich um das alltägliche und die Bedürfnisse der Familie. Sie hatte manches Mal ein Gespräch mit Stefan begonnen, der aber meistens viel zu gestresst und erschöpft war, um ihr gemeinsames Dasein in neue Bahnen zu lenken. Er hatte mit dem Erhalt des Einkommens zu kämpfen und diese Aufgabe schien ihn gänzlich in Anspruch zu nehmen, wenn er nicht seinem Hobby, dem Motorradfahren, nachging. Lisa hielt den Wagen an und blickte auf die Uhr. Eineinhalb Stunden blieben noch bis zum Abendessen, dann fing die normale Routine wieder an. Die Kinder versorgten sich an den Nachmittagen selbst, da Lisa einen Sprachkurs belegt hatte und regelmäßig nach der Heimkunft der Kinder von der Schule, zur Volkshochschule fuhr. Die Selbstversorgung der Kinder funktionierte leidlich und Lisa hatte schon überlegt, den Kurs wieder abzusagen, weil die Situation zu Hause dann mehr einem Schlachtfeld mit zwei nicht zu beruhigenden Teenagern glich als einem zu Hause. Sie öffnete die Türen des Wagens bis zum Anschlag, krabbelte bäuchlings in den Beifahrerraum und suchte nach einer CD. - Sie muss doch irgendwo sein -, dachte sie und fand sie schließlich im Handschuhfach unter einem Haufen Papieren und anderen Sachen, die sie achtlos in den Fußraum warf. Nanu? Dachte sie bei sich. Heute so unordentlich? Ihr gefiel diese Wandlung und sie legte die CD ein, drehte das Radio ganz laut und nahm den Tabak aus ihrer Handtasche. »Rauchen höre ich heute nicht auf. Heute nicht.«, sagte sie zu Rob, der neben ihr saß.

»Weißt Du was?«, fuhr sie in seine Richtung fort, während sie sich eine Zigarette drehte. »Das habe ich schon ewig nicht mehr gemacht«.

Als die Zigarette in ihrem Mundwinkel qualmte, zog sie Schuhe und Strümpfe aus und suchte nach einem Stöckchen für Rob. Der Dalmatiner war ganz außer sich vor Freude und lief schon vorher los, ohne, dass das Stöckchen flog.

»Rob, Du weißt doch gar nicht wo ich hinwerfe.«

Der Dalmatiner raste über die Wiese und folgte imaginären Bahnen. Dann fand er eine Spur und folgte dieser in konzentrischen Kreisen. Lisa ließ ihn gewähren und lauschte der Musik. Sie hatte sich Hardrock ausgesucht, der zu ihrer Stimmung passte. Lisa summte die Melodie leise vor sich hin, sang die eine oder andere Strophe laut mit und kramte das Würstchen für Rob aus dem Korb. »Und das ist für mich«, murmelte sie und biss ein Stück ab. Rob hatte es schon gewittert und war neben ihr. Er bekam nach einem speziellen Ritual auch ein Stück. Nie eine Belohnung ohne eine Leistung, hatte sie einmal in einem Hundebuch gelesen und so auch Rob erzogen. Nie eine Belohnung ohne eine Leistung, ging ihr nochmal durch den Kopf. War es das? War es die Belohnung, die sie suchte? Die ihr fehlte? So ein Quatsch, dachte Lisa und schickte Rob wieder zum Schnüffeln. Lisa setzte sich auf die Motorhaube, sang etwas von dem Lied mit und stutzte. Is this love, that I'm feeling?[*1] In einigen Liedern die Lisa schon lange kannte und immer mal wieder gerne hörte, gab es Textpassagen, die fast automatisch bestimmte Gedanken bei Lisa auslösten. Manchmal ganze Gedankenketten. Sie rutschte langsam vom Wagen herunter und schimpfte vor sich hin, dass man bei diesem Auto nicht mal auf der Haube sitzen konnte. »Wozu bist Du eigentlich zu gebrauchen?« Schrie sie den Haufen Blech an.

Wozu bist Du eigentlich zu gebrauchen? Rief das Echo in ihrem Kopf zurück. Lisa drehte sich noch eine Zigarette und sammelte ihre Gedanken. Sie war wütend. Sie war enttäuscht. Sie war unglücklich. War es das, was Du mir versprochen hattest? Fragte ihre eine Gehirnhälfte und die andere antwortete fast zeitgleich: Das war, was Du daraus gemacht hast. In ihrem Kopf begann ein Sturm aufzuziehen. Sie wurde immer rasender. Tote Fische, Teenager, die mich irremachen und ein Mann, der nicht da ist, sondern das Konto überzieht. Verdammt! Was soll das

---

1   [*]Ist das Liebe, was ich spüre?

eigentlich alles? Das Radio spielte gerade ein Lied, dass Lisa noch sehr gut von früheren Zeiten her kannte. I ain't gonna cry no more[*1], sang sie mit und konnte fast jede Strophe auswendig. Lisa konnte sich nicht mehr bremsen und spürte die Tränen aus Wut und Verzweiflung ihre Wangen hinunter laufen. Fast wie der Nebel an einem Spätsommermorgen, der zu Tau wird und an den Grashalmen hinunter läuft, schienen die Gedanken in ihrem Kopf zu kondensieren und sich ihren Weg nach draußen zu bahnen. Lisas Wut wurde immer größer. Sie nahm das Stöckchen für Rob und schmiss es einfach weg. In hohem Bogen flog es irgendwo in die Wiese. Rob fand es trotzdem und brachte es wieder. Lisa warf erneut, diesmal mit mehr Kraft. Rob war schon wieder mit dem Stöckchen da. Diesmal nahm sie ihre ganze Kraft zusammen und warf so weit sie konnte. Sie schätzte, dass es doppelt so weit geflogen war wie beim ersten Mal. Mit jedem Mal vergrößerte sie die Entfernung. Lisa warf und Rob rannte. Hunde haben eine unglaubliche Ausdauer. Aber nicht im Spurt. Rob setzte sich und nahm das Stöckchen auseinander. Lisa nahm neben ihm Platz und wischte die Tränen von ihrem Kinn. Ihr Kopf war klarer als vorher und ihre Wut nicht mehr so aggressiv. Sie streichelte über Robs Fell und hatte mit der anderen Hand ihren eigenen Fuß berührt um kleine Steinchen aus der Ferse zu pulen. Die Ruhe des Dalmatiners ging in sie über. Wie eine magische Verbindung schien es Lisa, als ob durch ihre Fingerspitzen über den Weg ihres Arms die Ausstrahlung von Rob in ihren Körper floss. Er hatte sich mittlerweile hingelegt und betrachtete Lisa mit großen Augen.

»Du hast es gut«, bemerkte Lisa.

---

1   [*]Ich werde nicht mehr weinen.

Aber warum hatte er es gut und sie nicht? Welche Probleme hatte sie eigentlich? Das Konto war leer. Der Strom wird bald abgestellt, ihr Mann ist auf Geschäftsreise und Jonas spinnt. Kathi war ein Schatz, gefangen in ihrer Pubertät. Jonas doch auch. Er muss fehlgeleitet geworden sein. Anders konnte Lisa es sich nicht vorstellen. Diese Aggressivität seiner Schwester gegenüber war schon seit einiger Zeit ein Problem und hatte viele Spannungen erzeugt. Kathi fühlte sich bedroht und reagierte immer empfindlicher, woraufhin Jonas das Spiel immer mehr Spaß zu machen schien. Ein Teufelskreis. Das Geld reicht nicht. Warum eigentlich? Ich habe doch alles unter Kontrolle. Ja schon, aber es sind so viele kleine Sachen, die auch zu einem Berg werden. Dann kommt ein Ereignis und die ganze Lawine kommt ins Rollen. Lisa stellte sich gerade eine alles unter sich begrabende Schneelawine vor, die einen Berghang hinunter donnert. Wen würde sie retten? Die Kinder. Ganz sicher zuerst die Kinder und Rob. Stefan? Erschreckenderweise empfand sie keinen so großen Schmerz dabei, ihn möglicherweise nicht mehr zu finden. Sie sah sich auf einer Beerdigung und weinte. Die Beerdigung verschwamm in ihren Gedanken zu einem Fest. Was feierte sie? Sie fühlte sich frei auf diesem Fest. Verspürte keine Sorgen und geriet immer tiefer in diese Vorstellung der angenehmen Gefühle. Sie sah sich tanzen. Unbeschwert drehte sie ihre Kreise, sie trug einen weiten Rock, sah ihre Haare umherfliegen und auf ihr eigenes Lachen. Eine feuchte Zunge weckte sie aus diesem Traum. Lisa riss die Augen auf und lächelte. Tief in sich selbst hatte sie eine Vorstellung entdeckt, die ihr gefiel. Doch das Lächeln besaß eine Kehrseite. Es war ein Lächeln des Schmerzes, der in der Distanz zur Realität, in der sie lebte, seinen Ursprung hatte. Lisa blickte auf die Uhr. Sie hatte noch Zeit, schaltete das Radio aus und schloss den Wagen ab.

»Komm Rob, wenn ich laufe, kann ich am besten denken«.

Die Gedanken sortierten sich langsam in ihrem Kopf. Ganz von alleine reihte sich eine Lösung nach der anderen in ihr auf. Jonas müsste eigentlich wieder zu finden sein. Der Jonas, den sie vermisste. Kathi würde sich darüber auch freuen. Die Stromrechnung könnte doch auch in Teilen bezahlt werden? Was war eigentlich mit diesen Effekten? Sie kannte den Begriff, wusste aber nicht genau, ob Aktien oder anderes damit gemeint war und beschloss, das auf der Bank zu klären. Und was ist mit Stefan? Sie ersann einen kleinen Plan, um Stefans und ihre eigenen Gefühle betrachten zu können. Das ging aus der Entfernung nicht. Männer kann man nicht direkt fragen, dachte sie. Auf die Frage - liebst Du mich? - bekommt man die Antwort - das weißt Du doch- Er kommt am Freitag von der Geschäftsreise zurück, da könnte ich doch ein schönes Candlelight-Dinner zaubern und mich ein bisschen attraktiv für ihn machen. Lisa schmunzelte Rob verschmitzt zu und begab sich auf den Weg zurück zum Auto.

Das Abendessen war schnell gemacht, Lisa hatte schnell für Ordnung gesorgt und den Abendbrottisch mit bayerischen Deckchen und frischem Saft gedeckt. Dazu gab es Brot, Wurst, Käse, Radieschen und Gurken. Als die Kinder am Tisch saßen und anfingen wahllos alles auf den Tellern zu horten, viel Lisa das Wort lieblos ein. Was war nur passiert? Eine ganz bestimmte Kraft hatte die behutsame, liebevolle Art miteinander umzugehen genommen und eine Gleichgültigkeit herrschte im Haus. Oder war es die ganze Welt? Lisa versank in ihren Gedanken.

»Für wen ist denn das Weißbier, Mom?« Fragte Jonas und ergänzte »Dad ist doch gar nicht da.«

»Das ist für mich und außerdem komme ich mir vor wie in einer amerikanischen Fernsehserie, Jonas. Mom und Dad sind englisch. Kannst Du diese Anglizismen mal lassen?«

»Mama und Papa klingen eben spießig. Uncool. Klar? Was ist eigentlich mit Kathis Bestrafung?«

Lisa schluckte. Ihr Sohn ging zum Angriff über. Das musste sie unterbinden. Hier war eine Tendenz zu erkennen, die ihr gar nicht gefiel. Lisa goss sich das Weißbier ein und belegte sich eine Scheibe Brot.

»Ich hab doch gar nichts gemacht«, versuchte Kathi, sich zu verteidigen.

»Das ist ja wohl klar, dass Du das warst,« urteilte Jonas mit dem Ton eines Richters.

»Nichts ist klar,« entgegnete Lisa.

Sie stand auf, holte den Thermostat aus dem Aquarium und legte ihn zwischen sich und Jonas.

»Der da war's,« sagte sie ruhig und fuhr fort: »Ich werde mir überlegen, wie wir in diesem Verfahren vorgehen. Ich bin mir weder sicher, das Kathi es war, noch dass wir irgend jemanden vorschnell aburteilen sollten.«

Das Abendessen verlief still und in einer für alle angespannten Stimmung. Eher das Gegenteil dessen, was sie sich gewünscht hätte. Die Blicke aller wichen sich gegenseitig aus. Das war eine Situation, die Lisa stutzig machte. Aber das Bier entfaltete seine Wirkung aus Benommenheit und Müdigkeit.

»Bitte geht in eure Zimmer, ich räume alles weg, kümmert euch nicht. Putzt euch die Zähne und geht pünktlich schlafen«, wies sie die Kinder an und war froh, keine Wortgefechte zwischen ihnen ertragen zu müssen.

Für wen ist eigentlich das Weißbier? Mama und Papa ist uncool. Das ist ja wohl klar, dass Du das warst. Jonas Sätze irrten in Lisas Kopf umher. Sie schaltete den Fernseher ein, nahm auf der Couch Platz und fand keine wirklich bequeme Haltung. Sie setzte sich aufrecht, drehte sich eine Zigarette, fand, dass sie das schon ganz schön schnell und elegant machte, und trank ihr Weißbier aus.

»Mist Zeug«, fluchte sie zu dem Bier und merkte, wie ihre Gedanken nebulöser wurden. Alles drehte sich und Lisa wünschte sich einen klaren Kopf zurück. Der Fernseher gaukelte ihr Bilder vor, der Ton verschwamm im Hintergrund ihrer Gedanken und Lisa drückte die Zigarette aus. Das Klingeln des Telefons weckte sie. Anna! Schnellte ein Gedanke in ihr Bewusstsein. Sie hetzte zum Telefon, hob den Hörer an ihr Ohr und fing augenblicklich an, sich zu entschuldigen.

»Ich habe unser Treffen ganz verschwitzt. Entschuldige bitte, Anna. Liebes, bist Du mir böse?«

»Da bin ich aber froh,« klang es aus dem Apparat. »Ich dachte, es wäre etwas schlimmes.«

»Nein, alles in bester Ordnung,« erwiderte Lisa. Na ja, so wie man es eben nennen könnte, ohne ins Detail zu gehen, dachte sie bei sich.

»Lisa, ich kenne Dich. In einer besten Ordnung vergisst Du nichts. Du bist zu perfekt.«

»Womit Du gar nicht so unrecht hast. Ich brauche Dich. Kannst Du Dir etwas Zeit nehmen und Deiner alten Freundin helfen, ihre Gedanken zu sortieren?«

»Klar kann ich das, aber so, wie Du klingst, fährst Du besser nicht mehr Auto. Soll ich kommen?«

»Nein, nicht heute, Anna. Morgen wäre mir lieber. Können wir morgen bei Dir ein Essen kochen und uns auf Deine Couch kuscheln?«

»Solche Gedanken hattest Du nicht mehr, seit wir Teenager waren. Aber sicher. Ich bin da für Dich! Weißt Du was? Ich kaufe ein und Du kommst, wann immer Du mit Deiner

Abendroutine fertig bist. Kinder ins Bettchen, Mann versorgt und so weiter.«

»Der ist ja gar nicht da.«

»Umso besser. Komm dann einfach, ja?«

»Mach' ich Anna und danke.«

»Nichts zu danken, Lisa. Tschüss bis morgen.«

Lisa begab sich ins Bad. Während sie sich die Zähne putzte, sah sie sich im Spiegel an. Ihr fiel auf, dass sie wegsah, sobald ihr Blick auf ihre Augen fiel. Sie herrschte ein - Ausschalten! - in ihr eigenes Spiegelbild und lies die Gedanken los. Es ging nicht. Ihre Gedanken spielten verrückt, als sie im Bett lag. Schließlich dachte sie über Rob nach und stellte sich vor, mit ihm über die Wiese zu laufen. Diese Gedanken beruhigten Lisa und sie schlief ein.

Eine Erkenntnis und ein Plan

Der Wecker summte sie aus einem Traum. Lisa sprang hoch, war völlig aufgelöst und wusste nicht warum. Irritiert schaute sie auf die Uhr. Alles im Plan, alles normal. Sie erinnerte sich an den Traum, sah Bilder, sich selber. Aktiv. Sie war im Traum aktiv gewesen. Was war es nur? Je mehr sie sich anstrengte, Bilder zu erinnern, desto undeutlicher wurden sie. Lisa gab auf und ging ins Bad. Auf dem Weg öffnete sie die Tür zu Kathis Zimmer und sang ein

»Guten Morgen, Kuschelmaus«.

»Guten Morgen, Mama!«

Lisa genoss diese Antwort und öffnete Jonas Tür. Auch hier sang sie ein »Guten Morgen, Knöpfchen!« Und ging weiter. Nachdem sie keine Antwort hörte, grinste sie in sich hinein, stellte sich in die Tür und befahl im Ton eines Unteroffiziers:

»Guten Morgen, Jonas! Aufstehen und zwar zackig!«

Jonas erschrak ob des strengen Tones und stieß sich seinen Kopf an der Decke. Es bumste mächtig und Lisa hatte ganz kurz Mitleid. Sie ging ins Bad und begann danach die morgendliche Zeremonie. Milch erwärmen, Frühstück hinstellen, Kaffee kochen. Ihr fiel auf, dass sie schneller war als sonst. Wesentlich schneller. Bilder aus ihrem Traum kamen wie kurze Einblendungen in einem Film, den man mit einem anderen vermischt hatte. Ein Traum voller Aktivität und Elan. Der Schwung übertrug sich und sie schaltete das Radio an. Es dudelte und ein Moderator erzählte irgendetwas von Gewinnen und tollem Glück. Lisa holte eine CD aus ihrem Schrank und legte sie ein. Sie goss sich eine Tasse Kaffee ein, aß schnell ein Brot und drehte sich eine Zigarette. Kathi und Jonas kamen in die Küche und sahen verdutzt ihre Mutter an.

»Du rauchst ja, Mama«, stellte Kathi fest.

»Ja. Gewöhnt euch das gar nicht erst an. Aber das Fenster ist offen, ich hoffe es ist ok für euch.«

»Mom, kann ich heute Käse auf die Brote haben?« Fragte Jonas.

»Klar, mein Großer. Wenn Du Dir Käse auf die Brote legst, kannst Du heute auch Käse haben.« Lisa genoss diesen Satz.

»Aber ich kann das nicht, mach Du mir bitte die Brote. Das machst Du doch sonst ...«

Weiter kam Jonas nicht. Lisa lehnte sich über den Tisch und warf Jonas einen fragenden Blick zu.

»Darf ich Deinen Satz ernst nehmen? Du kannst das nicht? Du bist mit 13 Jahren weder intellektuell noch motorisch in der Lage, Dir Pausenbrote zu machen?«

Lisa wiegelte mit einer Handbewegung ab.

»Aber ich habe ja vergessen, Du wirst ein Mann und dann verlernt man das schlagartig wieder. Brücken bauen, Autos konstruieren aber an Pausenbroten scheitern. Klingt irgendwie nicht sehr vertrauenswürdig.«

Kathi grinste, schmierte sich schnell ihre Pausenbrote und machte sich mit einem - Tschüss, Mama - aus dem Staub.

Jonas blickte etwas verwirrt, fing sich wieder und fragte, ob jetzt eine emanzipatorische Zeit begonnen hätte.

»Du bist sehr intelligent mein Großer. Und ja, ich kann Dir eine Antwort geben: Die Zeiten des - Ach Mama, mach das mal bitte kurz - sind vorbei.«

Jonas schwante Böses, er verkniff sich ob des Stimmungswechsels jede Diskussion, schnappte sich Brotscheiben und Käse einzeln und machte sich ohne Worte aus dem Staub.

»Hey, Jonas!« Lisa versuchte ihre Stimme um einige Tonlagen zu besänftigen. »Ich hab Dich sehr lieb.«

»Tschüss Mom«, entgegnete Jonas schnell hinter der ins Schloss fallenden Tür.

Lisa holte Rob aus dem Garten, wies ihm seinen Platz in der Küche zu und machte sich ein kräftiges Frühstück. Sie hatte viel vor. Aber erst mal Kraft tanken, dachte sie bei sich und steckte sich nach dem Essen eine Zigarette an. Ihr Blick schweifte umher und fiel auf den Thermostat, der mittlerweile getrocknet auf dem Sideboard lag. Sie nahm ihn hoch und ein Stückchen fiel aus ihm heraus. Lisa schaute auf die Stelle, an der er gelegen hatte und sah ein daumennagelgroßes Stückchen Aluminiumfolie. Sie nahm es und versuchte herauszufinden, wo es hingehörte. Beim Betrachten des Gerätes bemerkte sie einen kleinen Rest Tesafilm an einem Schlitz. Dies gehörte definitiv nicht zu dem Thermostat. Der Schlitz musste der Temperatursensor sein, schloss Lisa, als sie überlegte, wie ein Thermostat eigentlich funktionieren könnte. Ich werde jetzt mal etwas kontrollieren, stellte Lisa fest, drückte ihre Zigarette aus und ging in Jonas Zimmer. Das Ganze kam ihr jetzt spanisch vor. Richtig spanisch. Lisa setzte sich an Jonas PC und schaltete den Bildschirm ein. Ein Hintergrundbild war zu sehen und ein Programm in der Startleiste. Sie vergrößerte es und war erstaunt. Jonas war unvorsichtig oder schlampig. Er war noch im Chat und Lisa konnte sehr viel Lesen. Sie blätterte rückwärts und suchte nach einem Eintrag, der wie Kathis Worte aussah. Die Einträge ergingen sich über Rockkonzerte und Mädchen, gefolgt von obszönen Worten und Beschimpfungen. Lisa überlegte, wie sie sich die Arbeit vereinfachen konnte. Die Einträge waren alle nacheinander aufgelistet. Also auf einer Seite. Gibt es hier vielleicht so etwas wie eine Suchfunktion, überlegte sie und ging das Menü des Browsers durch.

»Treffer«, rief sie und gab Thermostat als Suchbegriff ein. »Volltreffer« ergänzte sie.

Der Eintrag war zu lesen. Kathi hatte nicht gelogen. Lisas Vertrauen zu ihr bestätigte sich abermals. Sie druckte die Seite aus und lief zum Telefon.

»Anna, guten Morgen. Ich bin's Lisa. Kannst Du mir schnell einen Tipp geben? Ich bin zwar nicht ganz ungeschickt in dieser Hinsicht, aber kannst Du mir schnell sagen, wie ich einen PC so vom Internet trenne, dass es nicht mehr funktioniert?«

»Lisa, Hallo. Du hast ja einen Schwung heute. Was hast Du denn vor?«

»Das erzähle ich Dir heute Abend. Sag mir bitte wie ich den PC bearbeiten muss, damit Jonas nichts mehr damit anfangen kann, er aber nicht kaputt ist.«

Anna war EDV-Leiterin einer kleinen Firma und kannte sich bestens aus. Sie hatte Lisa schon oft lange Geschichten über ihren Job erzählt und Lisa fand es langweilig. Nun aber war ihr Wissen Gold wert. »Stehst Du vor dem PC?«

»Ja.«

»Sieh mal auf die USB Anschlüsse auf der Rückseite. Steht hier etwas raus, was wie ein Stecker ohne Kabel aussieht?«

»Ja, da sehe ich etwas. Was ist denn das?«

»Das ist der W-LAN Anschluss, den ich euch mal installiert habe.«

»OK, ist abgezogen«.

»Jetzt kann Jonas aber noch Deinen Stecker nehmen und weiter surfen.«

»Du meinst, den von meinem PC? Anna, ich möchte, dass der PC wie der eines Kindes aussieht. Ich weiß im Moment nicht, was da alles drauf ist, aber ich habe Grund zu der Annahme, dass es ein Haufen Mist ist.«

»Format c«, entgegnete Anna.

»Du musst die Platte formatieren. Das Betriebssystem kann ich Dir wieder drauf spielen. Du hast doch noch die CDs?«

»Ja, alles noch da,« bestätigte Lisa.

Anna gab ihr die Befehle durch und als die weiße Schrift auf dem schwarzen Bildschirm langsam zählte, wie viel der Festplatte gelöscht war, wurde Lisa ruhiger.

»Anna, bis heute Abend! Ich drück' Dich!«, beendete Lisa schnell das Telefonat.

Schritt eins erledigt, notierte Lisa im Kopf. Sie stürmte die Treppe hinunter, trank hastig ihren Kaffee aus und nahm Rob und ihre Brieftasche nebst einem Aktenordner, den sie schnell aus dem Regal griff. Lisa fuhr in das benachbarte Dorf, wo sich die Bank befand. Es war eine kleine Bank mit nur einem Angestellten und dem Zweigstellenleiter. Als Lisa die Bank betrat, wurde sie freundlich begrüßt und nach ihrem Anliegen gefragt. Lisa hatte Rob als Verstärkung mitgebracht, aber ihr Elan war so unaufhaltsam, dass sie sofort und ohne Umschweife nach einem Depot und dem Begriff Effekten fragte. Der Angestellte blickte zu seinem Chef, der Lisas Worte verfolgt hatte.

»Ich kümmere mich um Frau Norman«, sagte dieser zu seinem Angestellten und bot Lisa einen Platz an einem Beratungstisch an.

»Worum geht es denn genau, Frau Norman?« Lisa lächelte ihn an und begann Ihr Erstaunen über den Kontostand zu berichten, stellte ihre Fragen nochmals und bekam die ihrer Meinung nach typisch männliche Antwort, es handele sich um spezielle Transaktionen ihres Mannes zur Sicherung ihres Einkommens und das hätte schon seine Richtigkeit. Lisa schaute Rob an, lächelte und strich ihm sanft über den Kopf. Dann holte sie Luft, blickte kurz auf das Namensschild am Schreibtisch und dann ihrem Gesprächspartner in die Augen.

»Wissen sie, Herr Sailer, ich bin blond und eine Frau. Aber das bedeutet nicht, dass sie an meiner Intelligenz zweifeln dürfen. Auch wenn es auf diesem erbärmlichen Dorf nicht üblich ist, dass sich die Frauen um die Transaktionen ihrer Männer kümmern, bedeutet das nicht, dass diese machen können was sie wollen und ich bin in der glücklichen Lage noch 200 Euro für diesen Monat an Haushaltsgeld zu besitzen und eine Stromrechnung von fast Tausend Euro offen ist. Wo ist das Geld hin? Und bitte kürzen sie das Gespräch ab, indem sie auf den Punkt kommen.«

Herr Sailer war etwas errötet, schaltete aber schnell, wen er im Moment vor sich hatte. Es war keine dieser Ehefrauen, die man mit dem allgemeinen Getue abweisen konnte.

»Ihr Mann hat ein Depot eröffnet. Darf ich mal die Auszüge sehen? Ich zeige ihnen das auf dem Computer.«

Er drehte den Bildschirm zu Lisa.

»Hier sehen sie die Gebühren für das Depot und die Belastung mit den Effekten. Ihr Mann hat vor einer Woche Aktien einer koreanischen Firma gekauft. Wir haben ihn gewarnt und er musste ein Formular über die Beratung in Anlagegeschäften unterzeichnen. Sehen sie, hier habe ich es.«

»Aktien sind ja nicht schlimm, die kann man doch mit geringem Verlust gleich wieder verkaufen.« Meinte Lisa.

»Da haben sie recht, hier ist aber etwas spezielles vorgefallen, vor dem wir ihren Mann versucht haben zu warnen.«

Lisa wurde unruhig und hörte sich die Erklärungen des Herren an.

»Kurz nach dem Kauf der Effekten wurde bekannt, dass das Patent der Firma, es handelt sich um eine Biotechnologiefirma, gefälscht und die

Forschungsergebnisse ebenfalls unecht waren. Daraufhin ist der Kurs der Aktie eingebrochen.«

»Wieviel sind sie jetzt noch Wert?« Fragte Lisa mit in der Hand gestützter Stirn.

»Nun ja, Ihr Mann hat zweieinhalb Gehälter investiert und ...«, versuchte ihr Gegenüber, die Aussage etwas zu verzögern.

»Wie viel?« Sagte Lisa energisch.

»250,- Euro. Abzüglich den Verkaufsgebühren.«

Lisa klappte die Hand ganz vor ihre Augen, als könne sie die Information doch noch abhalten. Schnell erholte sie sich von der Nachricht und wies den Zweigstellenleiter an, die Aktien zu verkaufen. Dann eröffnete sie ein eigenes Konto und bat ihr Sparbuch dorthin zu überweisen. Nachdem die Formalitäten erledigt waren, fragte Lisa noch, ob der Dispositionsrahmen des Kontos erhöht werden könne. Herr Seiler lächelte verlegen. Aber als Lisa seinen Blick sah, kam sie seiner Antwort zuvor.

»Vergessen sie's, auf Wiedersehen.«

Im Wagen sitzend notierte Lisa im Kopf Schritt zwei. Sie hatte zwar nicht das erreicht, was sie wollte, aber 250,- Euro waren besser als nichts. Wenn Stefan nichts vom Konto holte, reichte das Geld vielleicht doch noch für den Monat. Sie fuhr wieder nach Hause und dachte über Biotechnologiefirmen und Habgierigkeit nach. Irgendjemand in dieser Welt hat jetzt unser Geld. Lisa schrieb es ab, Ärgern brachte jetzt auch nichts, wissend, dass sie sich belog. Sie ärgerte sich trotzdem. Über Stefans Dummheit und seine arrogante Art, wichtige Entscheidungen ohne sie zu treffen, weil sie angeblich nichts davon verstand. Hatte sie irgendwann einmal Fehlentscheidungen getroffen, die ihn zu dieser Annahme veranlassten? Wieder zu Hause nahm Lisa den dritten

Schritt in Angriff. Sie nahm die Stromrechnung, das Telefon, drehte sich eine Zigarette und machte sich einen löslichen Kaffee. Nach dem ersten Schluck wusste sie wieder, warum diese Kaffeesorte nicht in den gehobenen Restaurants serviert wird und wählte die Nummer.

»... AG, mein Name ist Judith Klein, wie darf ich ihnen helfen?« Lisa bemerkte diese künstlich erhöhte Stimme, verzog das Gesicht und blies den Rauch ihrer Zigarette durch ihre zugespitzten Lippen. Es war wie bitterer Geschmack einer Medizin, wenn sie diese Stimmen hörte, aber ändern konnte sie es jetzt auch nicht.

»Ich hätte eine Frage bezüglich meiner Rechnung. Könnte ich bitte mit einem Kundenbetreuer sprechen?«

»Worum geht es denn, wenn ich fragen darf, vielleicht kann ich ihnen auch helfen?« Bot sich die Stimme an.

»Sind sie verantwortlich für Teilzahlungen?« Fragte Lisa forsch. »Nein. Ich kann ihnen aber auch bei der Rechnung ...«

Der Versuch wurde jäh von Lisa unterbrochen.

»Sie hatten zwei Fragen gestellt. Zur ersten: nein, sie dürfen nicht. Zur zweiten: nein sie können nicht. Würden sie mich jetzt bitte weiter verbinden?«

Lisa war erstaunt über ihre Tonart. Diese Stimme und diese Ausdrucksweise war schon lange nicht mehr von ihr benutzt worden. »Klein,« tönte es aus der Leitung.

»Guten Tag, Herr Klein, hier ist Norman. Das ist ja ulkig, bei Ihnen heißen alle Klein,« witzelte Lisa in das Telefon.

»Nein, ich kann sie beruhigen, wir haben hier auch andere Namen. Groß und Stark zum Beispiel.«

»Ja, den kenne ich.«

»Nein, meine Dame, nicht Groß-und-Stark sondern getrennt, also Groß Leerzeichen Stark.«

»Ja, das meinte ich ja, Herrn Stark hatte ich schon einmal am Apparat.«

Herr Klein hatte eine ebenso angenehme Stimme wie Herr Stark nur wesentlich älter. Er lachte über den Beginn des Gesprächs.

»Wie kann ich ihnen denn nun behilflich sein, Frau Norman?«

Lisa erzählte kurz ihr Anliegen und hoffte in der nun eintretenden langen Pause auf positive Resonanz.

»Entschuldigen Sie Frau Norman, ich war etwas still, weil ich mir ihre Datensätze angesehen habe. Sie sind eine langjährige Kundin ohne auffällige Zahlungsabweichungen. Es muss ein echter Notfall vorliegen.«

»Ja, das ist wirklich ein echter Notfall«, bestätigte Lisa.

»Gut, sie zahlen bitte ab nächstem Monat die Nachzahlung in vier Teilbeträgen. Die Abschlagszahlung habe ich auch um einen Monat verschoben. Kommen Sie damit klar?«

»Ja, Herr Klein. Danke sehr. Das hilft mir schon weiter. Eine Frage hätte ich noch. Ich habe gestern mit Herrn Stark den Grund für die hohe Nachzahlung herausbekommen und diesen Grund gibt es jetzt nicht mehr. Es war das Aquarium und alle Fische sind ja tot.«

Herr Klein lachte laut.

»Sie haben die Fische wegen der Rechnung über den Jordan gehen lassen?« Fragte er prustend.

»Nein, die Fische sind am gleichen Tag gestorben. Ein äh ... eine Fehlfunktion, wissen sie?« Lisa versuchte, die Situation zu klären, aber für einen Außenstehenden musste es wirklich merkwürdig klingen.

»Sie haben einen relativ gleichbleibenden Verbrauch über die Jahre gehabt. Wann haben sie das Aquarium denn gekauft?« Fragte Herr Klein in sonorer Stimme.

»Im September letzten Jahres.«

»Gut, dann machen wir es so, dass ich die Abschlagszahlung wieder auf den alten Stand setze. Aber wenn sie wieder mehr verbrauchen, müssen sie dann eben wieder mit einer Nachzahlung rechnen.«

»Das wird nicht passieren«, versicherte Lisa, war froh über den Ausgang dieses Gesprächs und verabschiedete sich dankbar und erleichtert. - Schritt 3 - notierte sie in ihrem Kopf, drückte ihre Zigarette aus und blies den Rauch weit aus dem Fenster hinaus. Lisa machte den Kindern etwas zu essen, was sie sich später aufwärmen sollten und schrieb einen Zettel.

Macht euch das Essen warm. Nein, Jonas, Deinen PC hat nicht Kathi kaputt gemacht. Ich erzähle es Dir später. Bussi Mama.

Den Nachmittag verbrachte Lisa mit kleinen Einkäufen und spielte mit Rob auf der Wiese zwischen den Ortschaften, auf der sie am Vortag schon gewesen war. Ein Baum stand etwas entfernt am Rande eines Ackers und sie legte dort eine Pause ein. Sie hatte eine Tüte Nüsse und eine Cola gekauft. Als sie sich setzte, realisierte sie, dass der Mond am Himmel stand. Es war Nachmittag, die Sonne schien noch kräftig und der Spätsommer verwöhnte ihre Sinne mit milder Luft und angenehmen Düften. Lisa versuchte, sich die elliptischen Bahnen vorzustellen, in denen die Erde die Sonne und der Mond die Erde umkreisten, um herauszufinden, ob das stimmte, was sie sah. Sie lächelte zu Rob und meinte, es müsse ja auch einmal etwas ohne Kontrollieren funktionieren. Lisa lies los. Die Gedanken, die Ereignisse des Tages und ihre Sorgen. Sie hörte in der Ferne Autos und die Kirchenglocke. Prima, ich habe die nötigsten Dinge sofort gemacht und mir geht es besser. Lisa war erstaunt über ihre Motivation. Wo war diese Energie denn vorher? Sie hatte mehr als lustlos schon einige Zeit in einem Dämmerschlaf verbracht. Wie lange konnte sie nicht mehr sagen, aber zu lange, befand sie. Es ging immer nur um die Erhaltung irgendwelcher Dinge, um die Befindlichkeiten anderer und die Probleme, die andere auf warfen. Lisa stellte sich ihr Leben vor, wie es wäre, wenn sie nicht geheiratet hätte und keine Kinder hätte. So wie Annas Leben? Ein für Lisa umher vagabundierendes Dasein mit der Karriere als einzigem festen Bestandteil in ihrem Leben? Anna hatte Lisa oft um Rat gefragt, wenn es um berufliche Entscheidungen ging oder ihr den einen oder anderen Partner als die Liebe ihres Lebens vorgestellt. Beruflich hatte Lisa keine wirklich konkrete Vorstellung, aber Anna berichtete oft von der unfairen Situation der Frau in der männlichen Gesellschaft. Sich doppelt dafür anstrengen zu müssen, anerkannt zu werden. Wenn Männer sie, trotz ihres Studiums, in einer Form ansprachen, die man Sechsjährigen zuteilwerden lässt, wurde Anna wütend. Sie schimpfte dann über diese vermurksten Konstruktionen von Mutter Natur, die lediglich Kraft souveräner Willkür entscheiden, dass Frauen eben minderbemittelt seien. Lisa fand Stefan früher anders. Nun musste sie aber zugeben, dass er sich in immer häufiger werdenden Situation wie ein typischer Mann benahm. Es schien einen Unterschied zu geben zwischen der revolutionären Stimmung in der Uni und dem dann folgenden Berufsleben in einer männerdominierten Gesellschaft. Als Lisa aufbrach, verschwand die Sonne schon hinter dem Wald. Sie hatte die Kinder zwar für den Nachmittag versorgt, aber der Abend war ja auch noch nicht geregelt und sie wollte dann bald zu Anna. Die Stille im Haus verwunderte Lisa als sie die Tür aufschloss und eintrat. »Kathi, Jonas«, rief sie und hörte zwei Einzelne - hier - zurückschallen. Kathi kam die Treppen herunter und freute sich, ihre Mutter zu sehen. Sie war ein lebhaftes aber auch viel Wärme benötigendes Mädchen, das mit seiner Veränderung in der Pubertät schwer zurechtkam. Manchmal schloss sie sich für Stunden in ihrem Zimmer ein und malte, las oder träumte. Sie verbrachte viel Zeit an den Nachmittagen bei den Pferden. Am Wochenende auch manches Mal von Sonnenaufgang bis Sonnenuntergang. Beide Frauen aßen zu Abend und beschlossen, Jonas etwas zu bringen. Dieser hatte sich im Zimmer verkrümelt und hatte nur ein lasst mich in Ruhe verlauten lassen. Lisa wusste, dass Teenager nicht nachvollziehbare Stimmungen zeigten, diese aber war Lisa zu sehr nachvollziehbar und sie fragte, ob er etwas bräuchte. Nach der barschen Antwort ihres pubertierenden männlichen Abkömmlings, fragt sie sich, wieso die Menschheit bei soviel Freundlichkeit nicht schon längst ausgestorben sei. Aber Lisa wollte keine Grundsatzdiskussion, sondern warten. Auf den Augenblick der Erkenntnis und den nächsten Tag. Stefan sollte da ein Wort mitreden und auch mal sehen, was es für Projekte in seinem Heim gab. Lisa begab sich auf den Weg zu Anna. Die Kinder hatten für den Notfall ihre Telefonnummer, zudem gab es ja noch Handys. Als Anna die Tür öffnete, fiel Lisa ihr um den Hals. Sie drückte Anna so innig, dass diese ganz erstaunt war, aber schnell begriff, dass sehr viele Emotionen angestaut sein mussten.

»Magst Du etwas trinken?« Fragte Anna förmlich.

»Darf ich mich wie immer bei Dir zu Hause fühlen?«

Lisa wollte die Floskeln aus der Unterhaltung verbannen.

Anna lächelte und verstand Lisas Hinweis.

»Entschuldige bitte, ich bin das schon so gewohnt, nimm Dir einfach, ich frage nicht mehr, ja? Aber erzähl doch bitte, was los ist.«

»Magst Du nicht erst erzählen, wie es Dir geht? Du bist dann immer etwas ruhiger.«

Anna begriff sofort, worauf Lisa hinaus wollte und entgegnete sehr sanft: »Kleines, Du hast jetzt ein Problem oder Sorgen. Du bist jetzt wichtig. Nicht meine Scharmützel mit den Männern.«

»Ich habe auch ein Scharmützel mit Männern. Ich zur Abwechslung auch mal. Weißt Du was? Wollen wir uns etwas kochen und ich bereite Dich mal mit den Fakten auf die anschließende psychologische Analyse vor?«

Beide begaben sich in die Kochnische von Annas Appartement und Lisa erzählte. Ohne Punkt und Komma und ohne die sonst üblichen Zwischenfragen und Erzählungen von Anna. Sie war so vertieft, dass sie nicht bemerkte, wie Anna das Essen bereits fertig hatte und sie an der Hand nahm, um sich zu setzen und das Mahl zu genießen. Nachdem es sich die beiden bequem gemacht hatten, sprang Lisa zu einem anderen Gedanken:

»Weißt Du Anna, ich habe Dich oft beneidet. Aber dann auch wieder nicht. Einmal beneidet, weil Du niemanden hast, der in Deinem Leben herum bestimmt und dann wieder nicht, weil Du wahrscheinlich oft alleine bist.«

»Ja, in der Tat. So ist das Single-Dasein nun mal. Du hast die Freiheit aber auch die Einsamkeit. Alles hat seinen Preis. Ich habe einen Sportwagen und mein Konto ist gut gefüllt. Aber das Mama von einer Kathi fehlt mir eben. Wobei ich nicht weiß, wie sich das anfühlt, ich kann mir es nur aus Erzählungen vorstellen. Also fehlt es mir dann doch nicht. Ach, ich weiß es nicht, Lisa. Ich glaube, das Mittelmaß wäre wünschenswert. Oder glaubst Du, ich bin glücklich mit meinem Beziehungskram den ich hier veranstalte?«

»Ich dachte, ja.«

»Nein, Lisa. Die Typen, die sich mir nähern sind alle widerwärtige Schleimer. Sie wollen nur das eine und dann im Gefolge auch das andere.«

»Ich verstehe jetzt nicht ganz, was das eine und was das andere ist.«

»Der Mann ist dazu auf die Welt gekommen, um sich fortzupflanzen. Gut die Frau auch, aber er ist der Verteiler der Gene, die Frau die Sammlerin. Bei ihm ist es aber das alles Bestimmende im Leben. Ich spiele mit ihnen Katz und Maus. Sie sind widerwärtig einfach.«

»Sagtest Du schon. Aber Du hast noch ein Schleimer hinzugefügt.«

»Das andere ist das Machtspiel. Haben sie Dich, bestimmen sie herum. Ich habe bisher noch keinen gefunden, der mich als wirklich gleichwertig respektiert. Du etwa?«

»Nicht wirklich. Ich dachte Stefan wäre jemand, der nie in dieses Verhalten einschwenken würde, aber was ich in der letzten Zeit ... genauer gesagt, in den letzten Jahren erlebt habe, ist eigentlich auch nichts anderes.«

»Du hattest mir gar nicht viel erzählt, ich hoffte auch er wäre ein bisschen anders als die anderen, aber seit der Geburt eurer Kinder ist es um ihn auch geschehen gewesen.«

»Wie meinst Du das?«

»Wann hat er Dich richtig umworben? Wann hat er das letzte mal richtig aufgefahren mit seinen Künsten und allem drum und dran?« Lisa dachte angestrengt nach und wollte Stefan verteidigen. Stattdessen zuckte sie mit den Achseln, wechselte ihren Platz um neben Anna zu sitzen und legte sich in ihren Arm.

»Das gibt's doch nur im Märchen, dass es dauernd so weiter geht«, entgegnete Lisa.

»Wenn die Männer sich sicher sind, legen sie das ab, was uns gefällt. Entweder sie haben dich im Bett oder sie haben Kinder mit dir. Ab einem gewissen Punkt lassen sie dann ihre Anstrengungen fallen und zeigen ihr wahres Gesicht.«

Anna schloss mit diesem Gedanken das Thema ab und wollte auf die nahe liegenden Probleme kommen. Sie betrachtete aber statt dessen Lisas Gesicht und strich zart über ihre Wangen.

»Wann hat ein Mann mit Dir einfach nur so dagelegen und geredet ohne an Sex zu denken?«

»Hm,« machte Lisa wissend. »Nicht einmal nach dem Sex, weil sie dann entweder einschlafen oder etwas völlig anderes wollen. Motorrad reparieren, essen oder am PC herumfummeln.«

»Richtig, sie sind so gebaut. Sogar das Einschlafen ist biologisch programmiert.«

»Gehst Du nicht etwas zu weit?« Fragte Lisa fast entsetzt.

»Nein, Liebes. Eine Studie bei Primaten hat gezeigt, dass das weibliche Mitglied der Gruppe nach dem Akt immer wacher wurde und mehrfach mit anderen männlichen Mitgliedern der Gruppe kopulierte. Die Männer würden da nur stören, weil die Vielfalt der Gene ja in dem Augenblick wichtig ist. Also hat die Natur den Männchen Schlaftabletten in den Fortpflanzungsakt gemischt.« Anna holte zum entscheidenden Schlag aus: »Darum ist das Männchen auch für nichts anderes da. Danach stören sie eben nur.«

»Anna, Du vereinfachst sehr und leugnest den menschlichen Intellekt. Aber im Grunde zeigt das Verhalten der Männer, dass Du recht haben musst. Gibt es eine Welt ohne Männer? Ein Leben nach dem Mann sozusagen? In Frieden, Vertrauen und Liebe?«

»Vergiss nicht, dass wir Frauen auch ganz schön gemein sein können.« Anna holte Lisa wieder aus den Träumen einer fernen Welt zurück. Sie gab ihr einen Kuss auf die Wange und irritierte Lisa damit deutlich.

»Ich hab' Dich sehr gerne und wir Frauen können uns das auch zeigen, ohne gleich als lesbisch abgestempelt zu werden. Du siehst, wir haben eine komplexere Welt als die Männer.«

»Differenzierter?«

»Ja, wenn Du willst, differenzierter. Was mir aber noch einfiel. Das wollte ich Dir vorhin schon sagen. Ich finde Dein Verhalten heute sehr lobenswert.«

Lisas Gesicht verwandelte sich in ein Fragezeichen.

»Na ja, lobenswert ist der falsche Ausdruck. Bewundernswert. Du hast die Notbremse gezogen und bist nicht weinerlich angekommen wie so viele Frauen, die sich in der Rolle der dümmlichen Untergebenen so wohl fühlen.«

»Drückst Du das jetzt nicht zu extrem aus?« Lisa verspürte das Bedürfnis, eine Lanze für die Frauen zu brechen, wusste aber nicht, ob sie das wirklich wollte.

»Du hast es doch selbst erzählt. Die Männer halten dich wegen deiner blonden Haare für minderbemittelt. Du bist gut aussehend, sehr gut sogar und darum halten sie dich einfach für ein Dummerchen.«

Lisa gab ihren Widerstand auf. »Und sie versuchen das immer wieder. Ich bin auf der Bank fast explodiert. Aber dem Herrn habe ich es ja dann direkt ins Gesicht gesagt.«

Ihren Triumph darüber konnte Anna jetzt noch sehen. Lisa lag wieder in Annas Armen. Sie fühlte sich wohl und geborgen. Eine große Energie ging von Anna aus und das brauchte Lisa jetzt. Sie wollte ihre Freundin nicht aussaugen, behutsam nahm sie ihre Hand und bedankte sich mit zartem Streicheln mit den Fingern.

»Nun ist es aber gut, Lisa«, befahl Anna und richtete sich auf. Sie schob Lisa etwas von sich, um weiter zu essen. Lisa nahm das als Kompliment auf und erinnerte sich an eine Episode aus ihrer Schulzeit. Sie trank von ihrem grünen Tee, grinste und fing Annas Blick auf. Auch sie musste gerade an diese Zeit gedacht haben. Es war in einem Skilager, beide waren erkältet und hatten sich im Hotelzimmer aneinander gekuschelt. Dieses Erlebnis hatte sie etwas füreinander empfinden lassen, was sie nie richtig ausdrücken konnten aber immer spürten. Vertrautheit, Wärme und Zuneigung, die ein kleines Bisschen über das normale Maß hinausgeht. Aber beide waren nicht bereit, diese Grenze zu überschreiten. So beließen sie es dabei und genossen dieses Gefühl. Sie fanden das angenehm.

»Lass uns mal einen Schlachtplan machen,« unterbrach Anna die Stille.

»Macht es Dir etwas aus, wenn ich Dir hinterher erzähle, was ich für einen hatte?« Erwiderte Lisa.

»Nein, nicht im geringsten. Ich bin froh, wenn Du Dir schon solche Gedanken gemacht hast. Mit Kindern kannst Du sowieso besser umgehen. Mangels Erfahrung bin ich da eine schlechte Ratgeberin.« Anna bereitete es Freude, wenn Lisa nach vorne stürmte. Sie konnte nicht viel mit unentschlossenen Menschen anfangen. Schon gar nicht, wenn sie Frauen waren. Lisa trank einen Schluck Tee und drehte sich eine Zigarette.

»Ach sieh mal da, da raucht ja jemand?« Witzelte Anna.

»Ja, ich war gerade so angespannt,« wollte Lisa sich rechtfertigen, fand das aber überflüssig und fügte hinzu: »Mir war danach. Anna, ich muss Dir noch ein paar Gedanken erzählen, die mir durch den Kopf gingen. Es hatte mit der Stimme des Programmierers zu tun und mit einem Lied, dass ich lange nicht mehr gehört habe und immer noch mitsingen konnte. Kannst Du Dich an Is this love? von Whitesnake erinnern?« Lisa erzählte und erzählte. Ihre Gedanken nahmen den ganzen restlichen Abend ein und Anna genoss die ruhige Stimmung. Anders als sonst, war sie nicht hektisch und auch nicht gestresst. Sie hatte wieder ihre Kraft und Ausstrahlung von früher, bemerkte Lisa innerlich und freute sich darüber. Anna fügte nicht viel den Erzählungen von Lisa hinzu. Sie fand diese Gedanken nicht sonderlich verwerflich und wunderte sich auch nicht darüber. Lisa war ihrer Meinung nach an einem Wendepunkt. Sie wollte sie nur noch nicht darauf stoßen, sondern warten, bis der Impuls in Lisa selbst groß genug war. Sie nahm Lisa in den Arm und sagte nur »Wenn Du mich brauchst, bin ich da. OK? Immer und in jeder Situation. Ich habe Dir vorhin 500 Euro in Deine Tasche gesteckt. Du brauchst sie jetzt und damit nehme ich Dir den großen Druck. Wir sprechen irgendwann mal darüber, wie wir das mit dem Zurückgeben machen.«

Lisa kullerte eine Träne über die Wange und sie umarmte Anna.

»Ich werde jetzt nach Hause fahren und sehr gut und tief schlafen. Danke Anna.«

Die Antwort

Lisa kramte ihre älteste Jeans hervor und warf sich ein T-Shirt über. Sie war etwas spät aufgewacht, hatte nur wenig Zeit, um den Kindern das Frühstück zuzubereiten. Die Routine spulte sich von selbst ab, Türen öffnen, etwas hineinrufen, Kaffee aufsetzen, Brote ..., Lisa hielt inne. Nein, nicht ganz dasselbe, ging in ihrem Kopf herum. Das Gespräch mit Anna und ihre Gedanken am Vortag hatten etwas ausgelöst. Als Kathi und Jonas am Tisch saßen, rauchte Lisa eine Zigarette zum Fenster hinaus.

»Jonas, Du bist so still«, versuchte Lisa ihren Sohn in ein Gespräch zu locken.

»Wann bekomme ich denn neue Fische?«, tastete sich Jonas in seinen Begriffen vorsichtig an das Gespräch.

Er wusste nach dem gestrigen Emanzipationsausbruch seiner Mutter nicht genau, wie er reagieren sollte. Es schien, dass er den Zettel, den Lisa geschrieben hatte, gar nicht gelesen und seinen PC noch nicht benutzt hatte. Teenager dachte Lisa, zog an Ihrer Zigarette und blies den Rauch weit hinaus. Manchmal denken Menschen für andere und handeln auf Grund Ihrer Erwartungen, vergessen dabei jedoch, dass diese anderen vielleicht das Wissen darüber gar nicht besitzen. Dieser Umstand spielte Lisa in die Tasche. »Ich möchte erst mit Papa sprechen, Jonas.« Entschied Lisa und lies das Frühstück an diesem Morgen schweigend vorübergehen. Sonst war sie immer aus sich heraus gesprudelt und konnte sich nicht bremsen, dadurch hatte sie sich immer in Zugzwang gebracht. Lisa blies den Rauch in die kühle Morgenluft und drückte die Zigarette in die Erde eines kleinen Topfes. Es versprach ein sonniger Tag zu werden.

»Was habt ihr beiden denn heute vor? Es ist Freitag.« Erkundigte sie sich.

»Ich möchte bei Marie übernachten, geht das in Ordnung, Mama?« Gab Kathi zur Antwort.

Sie konnte Lisa keinen größeren Gefallen tun und am liebsten wäre es ihr, wenn Jonas etwas ähnliches tun würde. Sie versuchte, diese Idee umzusetzen.

»Was macht denn eigentlich Dein Freund Matthias dieses Wochenende?« Fragte sie Jonas mit unschuldigem Blick.

»Der sitzt wieder mit Maximilian und spielt Playstation. Hey, Mom, kann ich da auch übernachten?«

Lisa fiel ein Stein vom Herzen. Mit gespielter Miene äußerte sie Bedenken und wollte Jonas' Überzeugung dadurch stärken, etwas gegen den Willen seiner Mutter zu unternehmen.

»Stellt ihr auch keine dummen Sachen an? Kein Alkohol, kein Rauchen?«

»Nein, Mom, versprochen. Danke.« Sprang er begeistert auf.

Lisas Spiel funktionierte, Jonas war angesprungen. Sie jubelte innerlich. Dann versorgte Lisa Rob und setzte sich in die Küche zurück, um ihre Pläne etwas zu konkretisieren. Was war Stefans Lieblingsessen? Lachs mit Meerrettich und Knoblauchbaguette mit Salat. Dazu sollte es Apfelcidre geben. Lisa erinnerte sich an ein Essen mit Stefan, als sie sich kennen gelernt hatten. Im Kopf ging sie ihre Kleidung durch. Was wäre denn passend? Sie sprang auf und merkte dabei, wie sie in Vorfreude auf diesen Augenblick auch wieder zärtliche Gefühle und Sehnsucht nach Stefan verspürte. Ihr Kleiderschrank war groß und gut gefüllt. Lisa legte sich alles zurecht und ging wieder nach unten. Den Vor- und Nachmittag verbrachte Lisa mit kleinen Besorgungen und einem Spaziergang mit Rob auf der

Wiese hinter dem Haus. Nachdenken war heute nicht möglich. Alles ging irgendwie an ihr vorbei. Als die Kinder von der Schule kamen, richtete Lisa ihnen alles für die Nacht zurecht und packte es in ihre Rucksäcke. Das Essen war angefüllt mit Erzählungen aus der Schule. Kathi mochte die Schule nicht und kam mit ihren Lehrern nicht gut zurecht. Von Jonas ganz zu schweigen. Er erzählte von Pöbeleien und einer Strafe, die er bekommen hatte, weil er seine Hausaufgaben nicht gemacht hatte. Lisa machte sich Vorwürfe, weil sie sich in den letzten Tagen nicht sehr um die Kinder gekümmert hatte. Aber bei Jonas ging schon länger etwas schief, dachte sie im Stillen und wusste, das es so nicht weitergehen durfte. Die beiden Teenager riefen ihre Freundinnen und Freunde an und stürzten in einen ausklingenden Freitag, der ihnen viel Unterhaltung versprach. Lisa bereitete alles vor. Stefan hatte sich für den frühen Abend per SMS angekündigt. Sie räumte das Wohnzimmer auf, stellte Kerzen in Leuchtern auf und deckte eine Liegestätte mit Essen und Kissen als gemütliches Lager, so wie sie das ganz am Anfang ihrer Beziehung gerne gemacht hatten. Dann begab sie sich ins Bad und machte eine Schönheitskur im Schnellgang. Nachdem sich Lisa angezogen hatte, betrachtete sie sich im Spiegel und war begeistert. Nun, meine Liebe? Sind wir fertig für den Abend? Niemand gab ihr Antwort auf diesen Gedanken und darum befasste sie sich mit dem Studium der Post, die sie heute noch nicht gelesen hatte. Es waren Versicherungs- und Zeitschriftenrechnungen. Irgendwelche Firmen priesen außerdem das große Glück, wenn man ihnen doch vorher nur genügend Geld gab. Lisa steckte die 500 Euro von Anna in ihre Brieftasche, die sie nicht wie sonst üblich in ihre Handtasche, sondern in ihren Armeeparka steckte. Ihr Tabak verschwand darin ebenso wie der Ausdruck von Jonas Bildschirm und die Kontoauszüge. Sie wollte heute Abend etwas anderes herausfinden, als das, was sie schon wusste.

- Das Aquarium! - zuckte ein Gedankenblitz durch ihren Kopf und sie deckte es wieder ab und schaltete das Licht und die Pumpe ein. Sie hörte ihren Mann mit dem Auto vorfahren. Er betrachtete es als sportlich, um den kleinen Kreisverkehr vor ihrem Haus zu fahren, als ob er Heinz-Harald heißen und jemand gleich eine Zielflagge schwenken würde. Mit quietschenden Reifen brachte er das Auto zum Stillstand. - Kann man nicht, wie jeder normale Mensch auch, ganz langsam ... - Lisa unterbrach diesen Gedanken. Die Hälfte der normalen Menschen waren Männer und die konnten es eben nicht, fuhr sie innerlich fort. Stefan schloss die Tür auf und rief laut nach ihr. Lisa antwortete nicht, sondern lächelte und wartete ab. Ihr Mann musste einen Blick ins Wohnzimmer geworfen haben und kam freudestrahlend in die Küche.

»Das ist ja eine Überraschung! Hallo Liebes. Wie geht's Dir denn? Oh, siehst Du heute toll aus. Zum anbeißen!«

Er gab ihr einen Kuss, den sie gerne erwiderte, Stefan war ein, wie Lisa fand, sehr guter Verführer. Allerdings hatte es in den letzten Jahren etwas nachgelassen und Lisa lebte wohl von der Erinnerung daran. Das Feuer zündete und Stefan war fast nicht zu bremsen.

»Hallo Liebling, wie waren denn Deine Tage? Ich hoffe nicht zu Anstrengend?« Versuchte sie den Abend etwas zu verlängern.

Wenigstens ein paar Worte und etwas gemütliche Atmosphäre sollten die beiden umgeben, befand sie und ihr Mann gab der Bremse in Erwartung eines Feuerwerks bereitwillig nach. Lisa führte ein, wie sie fand, sehr einfühlsames Gespräch und lies ab und zu ihre Mühsal im

Alltag einfliessen, auf die Stefan, mit der ihm als Mann möglichen Art und Weise, reagierte. Lisa erfuhr alles über diese drei Tage, den Projektverlauf und Stefans Erfolge als Manager der Baustellen, Retter der Finanzen und Behüter aller Vorschriften und ordnungsgemäßen Abläufe. Immer wenn Lisa ihre Probleme andeutete, verstand Stefan rein gar nichts, weil er ihr während des Essens fast ausschließlich in den Ausschnitt zu blicken gedachte. Merkwürdigerweise konnte er aber seinen Ausführungen die erforderliche Tiefe angedeihen lassen, was Lisa ungerecht empfand. Sie war aber sehr angetan von seinen Berührungen, die auch Feuer in ihr entfachten und schließlich gab Lisa den Widerstand auf, was Stefan auch zu begeistern schien. Ihre Gedanken versetzten sie zurück in die Vergangenheit, Stefan küsste hervorragend, war ein zärtlicher Liebhaber und kümmerte sich auch um ihre Gefühle. Abrupt wurde Lisa aus ihren Träumen gerissen. Stefan rollte sich zur Seite und gab merkwürdige Laute von sich, die nicht wie die eines zärtlichen Liebhabers klangen. Ganz und gar nicht, dachte Lisa und war jäh in die Realität zurückgeholt worden, indem Stefan bei seinen Bewegungen allem Anschein nach das ganze Essen auf dem Boden verteilt hatte und sich nicht einen Augenblick darum zu kümmern schien.

»Oh, entschuldige bitte, ich war wohl etwas stürmisch, aber das bekommst Du sicherlich schnell wieder hin. Du bist süß. Danke für den schönen Empfang.«

Es durfte nicht wahr sein. Nein. Das war nicht ihr Stefan! Oder doch? Und sie hatte es nur nicht bemerkt? Die Metamorphose zu einem selbstsüchtigen Egoisten, der auch noch chauvinistische Allüren an den Tag legte? Er räkelte sich hoch und gähnte. Annas Worte pochten in Lisas Kopf:

Also hatte die Natur den Männchen Schlaftabletten in den Akt gemischt.

»Ich muss noch etwas arbeiten. Muss bis morgen fertig sein, Du verstehst das sicher.«

»Ja, natürlich. Ich kümmere mich um ...«

Lisa konnte nicht einmal ihren Satz beenden, ganz zu schweigen von einem zärtlichen Kuss oder einer Umarmung. Nichts! Einfach nichts. Sie kam sich benutzt vor. Wie ein, sie traute sich nicht das Wort zu denken, wie ein Taschentuch. Stefan war bereits im Arbeitszimmer verschwunden. Lisa wollte gerne sehen, was er dort machte und fand einen Vorwand. Sie räumte das wunderbare, jedoch zerstörte Festmahl oder dessen Überbleibsel weg, machte Kaffee und goss sich und Stefan eine Tasse ein. Seinen ohne Zucker, weil er sonst einen dicken Bauch bekam, wie er meinte und ihren mit viel Zucker, weil sie keinen hatte, wie sie fand. Als sie ins Arbeitszimmer kam, sah sie das Notebook aufgeklappt auf dem Tisch, er war bereits eingeschaltet. Aktenordner lagen daneben und ihr Göttergatte schnarchte auf dem Sofa.

»Und Du hast einen dicken Bauch,« befand Lisa und schloss die Tür wieder hinter sich. Als sie wieder in der Küche stand, sehnte sich Lisa nach Ruhe und einem abgeschiedenen Platz. Sie nahm ihren Tabak, ihren Kaffee und setzte sich zu Rob vor die Hundehütte. Seine Ruhe und bedingungslose Zuneigung war jetzt ein Trost. Lisa hatte eine Antwort bekommen. Eine die sie nicht erwartet, aber die sie befürchtet hatte. Nur die Härte und Deutlichkeit lies eine tiefe Wunde zurück. Sie würde wieder heilen, das war keine Frage für Lisa. Aber das würde Zeit in Anspruch nehmen und eine veränderte Lebenssituation. Eine, in der sich Vertrauen zu anderen Menschen als ihren Kindern und Anna wieder aufbauen würde. Auch die Situation mit Jonas würde sich beruhigen. Nur das Umfeld stimmte nicht, daran gab es für Lisa keine Zweifel. Langsam streichelte ihre Hand das weiche Fell des Dalmatiners. Wie schön er ist, dachte Lisa. Rob leckte ihre Hand und zeigte dadurch seine Zuneigung. Eine Erkenntnis wurde in Lisa immer deutlicher. Eine Erkenntnis, die Handlung erforderte. Hier war durch Abwarten nichts mehr zu gewinnen.

Die Wendung

Beim Frühstück, zu dem Kathi und Jonas pünktlich von Ihren Übernachtungen eingetrudelt waren, plapperten alle durcheinander. Alle außer Lisa und Rob. Er, weil er nicht sprechen konnte und sie, weil sie nicht sprechen wollte. Sie lauschte den Unterhaltungen und machte sich ihr eigenes Bild. Jonas kam auf die Fische zu sprechen. Interessant, dachte Lisa.

»Und dann hat Kathi die Fische einfach gekocht, Dad,« log Jonas.

»Hast Du das wirklich, Kathi?« Erkundigte sich Stefan.

»Habe ich gar nicht, Du blöder!« Fauchte Kathi in Richtung Jonas zurück. »Mama, bitte sag Du auch mal etwas!«

Kathi brauchte jetzt Hilfe, das spürte Lisa deutlich.

»Die Ursache ist absolut ungeklärt und ich habe auch keine Lust, eure Streitereien wieder anzuhören. Hör auf Jonas, Deine Schwester zu beschuldigen.« Sie hoffte, damit etwas Zeit zu gewinnen.

»Kathi, Du bleibst eine Woche zu Hause und ich fahre nachher mit Jonas los und hole neue Fische,« maßregelte Stefan und tat sich mit strategisch völlig ungeschicktem Verhalten als entscheidungsfreudiger Papa hervor.

Lisa verkniff sich jede Meinung, sie wollte kein Wortgefecht, nicht jetzt.

»Darüber reden wir nochmal, Kathi«, beruhigte sie ihre Tochter, der die Tränen in den Augen standen und nahm sie in den Arm. Lisas Blick veranlasste Stefan, einen Rückzug anzutreten und mit einem: »Ich werde dann mal das Motorrad putzen,« entzog er sich der Situation. Wenige Momente später vernahm Lisa den Motor der Maschine und sah Stefan mit Jonas wegfahren. Wenn sie mit dem Motorrad fahren, kaufen sie keine Fische, hoffte Lisa. Aber das war für sie unerheblich. Sie schickte Kathi zu ihrer Freundin Marie. »Bitte sei pünktlich um 12 wieder da.« Lisa war alleine und nahm die Gelegenheit am Schopf, um zur Bank zu fahren. Sie wollte den hoffentlich schon verbuchten Aktienverkauf von der Bank holen, bevor Stefan auf die Idee kam. Lisa war keine sportliche Fahrerin, aber diesmal holte sie aus dem Wagen heraus, was er hergab. Sie schob die Karte in den Auszugsdrucker und nahm das Papier aus dem Fach. Sie war erleichtert, der Betrag war bereits gutgeschrieben, woraufhin sie die Geldkarte in den Automaten steckte und 200,- Euro Auszahlung veranlasste. Nicht möglich stand dort und anderen Betrag wählen. Lisa stutzte. Sie schaute genauer auf den Saldo und sah den verfügbaren Betrag: 12,50. Lisa brach den Vorgang ab, nahm die Karte aus dem Schlitz und fuhr zornig zurück. Stefan musste bereits Geld ausgegeben oder abgehoben haben. Als sie zu Hause eintraf, putzte ihr Mann sein Motorrad. Er hatte einige Teile demontiert und widmete sich dem Motor. Lisa machte sich einen Kaffee und drehte sich eine Zigarette. Sie lehnte sich zum Fenster hinaus und beobachtete Stefan beim Putzen. Sanft strich er über die Chromverzierung des Getriebedeckels. Er hauchte an das Teil und versuchte noch mehr Glanz zu erzeugen. Lisa kam es fast absurd vor. Wenn er mich nur gestern so gestreichelt hätte, dachte sie. Ihr kam eine Idee und sie bereitete das Mittagessen vor. Beim heraus Räumen der Zutaten fiel ihr Blick auf ein in einer Klarsichthülle liegendes Chromteil. Daneben lag eine Rechnung. 237,50 stand darauf. Das Datum war von heute. So ein Mistkerl, fluchte sie in sich hinein. Er denkt keinen Meter fünfzig. Darum hatte ich noch 12,50 in der Anzeige. Lisa kochte Eintopf und innerlich vor Wut. Sie bereitete den Männern ein Essen, an das sie sich noch erinnern sollten. Kathi bekam einen Reisauflauf und sich selbst stellte sie sich ein Joghurt hin. Sie hatte keinen großen Appetit. Um zwölf tauchte Kathi pünktlich auf. Lisa gab ihr den Platz nahe der Tür und wies sie an, nicht auf Sätze von Jonas oder Papa zu reagieren. Wenn es brenzlig werde, sollte sie einfach in ihr Zimmer gehen. Kathi verstand wenig, war jedoch sichtlich verängstigt. Lisa hatte das nicht beabsichtigt, aber sie hielt ihre Hand und beruhigte sie ein wenig damit. Die beiden Herren der Schöpfung nahmen Platz und fabulierten über das tolle Motorrad und einen schönen Ausflug, den sie am Nachmittag unternehmen wollten.

»Heute so festlich, Schatz? Sogar Servietten bekommen wir heute,« stellte Stefan fest und stutzte im gleichen Augenblick.

Er faltete seine Serviette auf und bemerkte, dass es drei DIN A4 Seiten waren. Er fing an zu lesen und wurde rot im Gesicht. Auch Jonas grinste über seine Serviette bis er las, was auf seiner, die auch ein DIN A4 Blatt war, stand.

»Das ist ja ein Ausdruck meines Chat,« rief er entsetzt.

»Das zum Thema Fische, mein Sohn. Unterschätz' mich nicht,« begann Lisa. »Und Du hast eine Stromrechnung, einen Kontoauszug und eine Rechnung eines Motorradhändlers, mein Schatz!«, richtete sie das Gespräch an Stefan. »Wie Du mich und mein Candlelight-Dinner gestern behandelt hast, war übrigens nicht so, wie ich mir das gewünscht hätte. Immerhin hast Du mich überhaupt beachtet, was ja eine sehr große Anstrengung für Dich gewesen sein muss.« Lisa wurde giftig. »Das Essen für diesen Monat hast Du vor Dir.«

Stefan stocherte im Teller mit dem Eintopf herum und zog den verchromten Nockenwellendeckel hervor, den er morgens gekauft hatte.

»Ich gehe mal in mein Zimmer,« schob Kathi ein und verschwand aus der sich anspannenden Situation. Jonas pulte aus seinem Teller den Thermostat und fühlte sich augenblicklich ertappt und schuldig. Er wurde immer kleiner und rutschte auf seinem Stuhl tiefer. Stefans Röte im Gesicht hatte eine bedrohliche Färbung angenommen und er schrie los.

»Kann ich in meinem Haus nicht mal machen, was mir passt? Muss ich mich für alles rechtfertigen?«

Bei diesem Satz schlug er mit der Faust auf den Tisch und fuhr mit dem ausgestreckten Arm über den Tisch. Er kippte Lisa dabei den Inhalt ihres Glases in den Schoß.

»Spinnst Du jetzt!« Entgegnete sie und sprang auf, um dem Nass auszuweichen. Stefan stand bereits. Was dann folgte, hätte Lisa sich nicht im Traum vorstellen können. Sie taumelte, Jonas schrie »Mama!«, machte einen Satz in Richtung seines Vaters, um ihn abzudrängen. Dieser bahnte sich angesichts seines Sohnes den Weg nach draußen, startete seine Maschine und fuhr mit aufheulendem Motor los.

»Danke Jonas,« stotterte Lisa.

Sie hatte Stefan provoziert, aber dass er so weit gehen würde, hätte sie nicht erwartet. Auch in ihm musste eine Veränderung stattgefunden haben.

»Mama, es tut mir leid!« Jonas standen die Tränen in den Augen und er umarmte seine Mutter. Lisa wischte sich die Tränen von den Wangen und beide standen einen langen Augenblick in der Küche, die eben noch ein Mittagessen für eine Familie bedeutet hatte, nun jedoch mehr einem kleinen Schlachtfeld glich. Gläser waren umgefallen, der Eintopf tropfte vom Tisch und Jonas bemühte sich, Ordnung herzustellen. Lisa griff zum Handy und wählte

Annas Nummer. Bitte nimm' ab, betete sie. Anna meldete sich. Lisa lies sie nicht zu Wort kommen.

»Ich brauche Dich jetzt. Es ist schlimmer gekommen, als ich dachte. Bitte komm' gleich.«

»Ich bin sowieso im Auto, wollte in die Stadt und ... ach was, bin gleich da, halt aus Lisa.«

Anna unterbrach die Verbindung als erste. Vielleicht ist sie ja nicht so weit weg, hoffte Lisa.

»Jonas,« kommandierte sie behutsam, »bitte pack Dir ein Paar Sachen, Deine Schultasche und helfe Kathi. Bitte!« Dieser verstand den ernst der Lage und verschwand. Lisa ging in das Arbeitszimmer ihres Mannes und griff einen Aktenordner mit der Aufschrift - Wichtig -. Dann packte sie sich ein paar Sachen und lud alles in ihren Wagen. Jonas und Kathi kamen schon die Treppe hinunter und Lisa verstaute auch die Sachen der beiden. Warum habe ich eigentlich Anna gerufen? Fragte sie sich selbst, die aber schon den Kreisverkehr umrundete und ihren Wagen hinter Lisas stoppte. Anna sprang aus dem Wagen und begriff angesichts der Taschen, was passiert sein musste.

»Hast Du alles?« Rief Anna geistesgegenwärtig und kontrollierte die Anzahl der Taschen.

»Papiere? Unterlagen? Jonas, du fährst bei mir mit,« kommandierte nun auch Anna.

Jonas setzte sich und schloss die Tür. Kathi schien verwirrt umherzulaufen und etwas zu suchen.

»Was ist denn, meine Kleine?« Fragte Lisa.

»Rob, wo ist denn Rob?« Sagte sie leise.

»Ich geh' und hol das Hundefutter und Du holst Rob«, reagierte Lisa.

Kathi setzte Rob auf die Hinterbank neben ihre Tasche und nahm auf dem Beifahrersitz Platz. Anna hörte ein Motorgeräusch aus der Ferne und sagte zu Lisa, die das

Hundefutter verstaute: »Da werden wir wohl noch eine Diskussion führen müssen.« Ihre Hand zeigte in die Richtung des Geräuschs und Lisa sah Stefan die Auffahrt herauf fahren. Er stellte das Motorrad ab, nahm seinen Helm ab und baute sich vor Lisa auf. Anna stellte sich neben sie und Stefan erkannte, dass er in der Minderzahl war. Lisa holte aus und gab Stefan eine Ohrfeige. »Niemand wagt das ungestraft. Das war's mein Lieber!« Während Stefan verdutzt schaute, stiegen beide Frauen in ihre Autos und fuhren los.

Luft holen

Anna war zuerst losgefahren, Lisa folgte ihr und bemerkte, dass Anna sehr aufgebracht sein musste, weil sie ihren kleinen Sportwagen sehr zügig um die Kurven steuerte. Lisa gefiel das nicht und lies sich zurückfallen. Sie wollte auch in ihrer eigenen angespannten Verfassung keine Rekorde brechen. Sie war weg von Stefan und das löste das größte Problem, die direkte Konfrontation. Lisa hoffte, durch das Zurückfallen hinter Anna diese auch etwas bremsen zu können, und vergrößerte abermals den Abstand. Es schien zu wirken. Annas Wagen entfernte sich nicht weiter. Kathi war verwirrt. Sie schaute ängstlich und streichelte Rob, indem sie sich nach hinten lehnte. Dabei musste sie Lisas Gesicht genauer betrachtet haben.

»Mama, Du hast da einen Abdruck in Deinem Gesicht!« Sagte sie schließlich erstaunt.

»Ja, Kathi. Es tut auch ein kleines bisschen weh,« entgegnete Lisa mit unsicherer Stimme.

»War das Papa? Hast Du ihm darum eine geknallt?« Kathis Stimme wurde stärker, fast als ob sie den Zusammenhang erkannt hätte.

»Ja, Liebes. Darum habe ich ihm auch eine geknallt. Lass Dir nie so etwas gefallen, hörst Du? Egal wie alt Du jetzt bist, ob Du das verstehst oder, ach ich weiß auch nicht. Lass es Dir einfach nicht gefallen.« Lisas Stimme wurde fest und lauter: »Niemals!« Die Fahrt zu Annas Wohnung verlief still. Lisa dachte an einzelne Bilder aus der Situation. Sie fragte sich nicht, ob es richtig gewesen war, sie wusste, dass es ein Volltreffer war. Anna steuerte einen Parkplatz an und sah nach einem zweiten, erspähte ihn und winkte Lisa, damit diese an ihr vorbei auf den freien Parkplatz fuhr. Kathi packte die große Tüte mit Hundefutter und musste gar nicht lange auf Rob einreden. Er folgte dem guten Geruch. Jonas trug, was er greifen konnte und Lisa nahm den Rest.

»Und was trage ich?« Fragte Anna.

»Du erträgst jetzt einen Haufen Frauen und einen kleinen Beschützer.« Bei diesen Worten sah sie Jonas an und bedankte sich mit einem kurzen Lächeln bei ihm, dass ihr aber missglückte, jedenfalls fühlte es sich nicht gut an. Ihre Wange tat weh dabei. Als die fünf in der Wohnung angekommen waren, sahen sie ein kleines Chaos. Anna hatte nur zwei Zimmer und ihre Sachen etwas in den Räumen durcheinander verteilt.

»Ich gehe schnell ein paar Lebensmittel einkaufen, Lisa. Fühl dich bitte ... fühlt euch bitte wohl und achtet nicht auf die Unordnung, ich mach' das dann später.« Sie verschwand wieder im Treppenhaus und Lisa schloss die Tür.

»Weißt Du was, Kathi? Wir machen schnell etwas Ordnung, ja?« sagte Lisa. Jonas fütterte den Hund und Lisa und Kathi räumten schnell die Wohnung auf. »Viel hat Anna ja zum Glück nicht,« befand Lisa und für Jonas blieb schon nichts mehr zu helfen, als Rob schon schmatzte.

»Ich geh' kurz mit Rob und führe ihn in den Garten, er muss bestimmt nach dem Essen, Du weißt schon.«

»Das ist lieb, Jonas. Danke. Lass einfach die Wohnungstür auf und unten an der Haustür ist ein Hebel, dann kannst Du sie wieder öffnen.« Lisa ging zum Kühlschrank und suchte im Eisfach etwas kaltes. Sie fand eine Augenmaske mit blauer Flüssigkeit, die sie sich an die Wange drückte und setzte sich zu Kathi auf den Boden. Es dauerte eine ganze Weile, bis Kathi das Schweigen durchbrach.

»Wohnen wir jetzt bei Anna?«

»Das wird nicht gehen, Kathi,« Lisa überlegte. »Aber vielleicht in ihrer Nähe. Lass uns das mal später besprechen.« Diese Worte gaben Lisa den Anstoß darüber nachzudenken, was werden sollte. Sie wusste es nicht. Ihre Gefühle waren durcheinander. Sie war merkwürdig ruhig und gar nicht verzweifelt. In Annas Wohnung fühlte sie sich erstmal sicher. Jonas kam mit Rob zurück und kniete sich neben die beiden Frauen.

»Du hast total cool reagiert Mama,« stellte er fest.

»Nein, Du hast total cool reagiert, Jonas. Ich danke Dir nochmal für Deinen Schutz.« Lisa nahm ihren Sohn in den Arm. Sie spürte etwas, dass sie vermisst hatte. Den Jonas, der ihr Gefühle entgegenbrachte und nicht kalt und abweisend reagierte. Es verging eine ganze Zeit, in der kein Wort fiel. Alle drei kraulten Rob, der sich angesichts der geballten Zuneigung gar nicht entscheiden konnte, wo er am liebsten gestreichelt werden wollte und wie er sich hindrehen sollte, damit alle seine Lieblingsstellen etwas abbekamen. Schließlich drehte er sich zwar langsam aber unaufhörlich um die eigene Achse und alle mussten lachen. Anna stand in der Tür, Jonas musste sie offengelassen haben, was aber in diesem Fall hilfreich für sie war, da sie beide Hände unter einem großen Haufen Lebensmitteln begraben hatte.

»Wisst ihr, dass das ein schönes Bild ist?« Stellte sie fest und trat näher. »Ihr sitzt nicht da und jammert, sondern verwöhnt den Hund.« Alle drei sprangen auf und wollten helfen, aber Anna drehte sich flugs weg und fügte hinzu: »Jetzt werde ich euch mal verwöhnen. Macht es euch bequem, geniesst euch. Macht euch Musik oder den Fernseher an und schaltet ab, ja? Anna, die Pseudomama wird euch jetzt etwas schönes kochen, habt ihr denn Hunger?« Lisa lächelte.

»Ich glaube, unser Essen war nicht sonderlich gelungen. Ich hoffe es gibt etwas anderes als Eintopf.« Anna kam aus der

Kochnische hervor und hatte einen Blick wie sieben Tage Regenwetter.

»Wenn keine Nockenwellendeckel drin sind ...« Meinte Lisa.

»... und keine Thermometer,« fügte Jonas hinzu.

»Lisa!« Entfuhr es Anna. »Du hast ...?« Sie schaute mit großen Augen die drei an. Lisa nickte und Anna fing an, herzhaft zu lachen. Sie lachte und lachte, dass die Kinder als erste anfingen mitzulachen. Lisa war nicht nach lachen, aber es war zu schön zu sehen, wie Anna sich fast kugelte vor Lachen. Der liefen die Tränen die Wangen hinunter und Lisa musste schließlich doch mitlachen. Sie hatte ihren Plan umgesetzt und fand es wunderbar, zu spüren, wie sie an Kraft gewann. Sie lachte mit den anderen mit und fand es angenehm, den Gefühlen auf diesem Weg freien Lauf lassen zu können. Aber auf einmal schlug Lisas Lachen in Weinen um. Anna bemerkte es sofort und blickte zu den Kindern, die sofort reagierten.

»Lisa.« Sie kniete sich zu ihrer besten Freundin und legte ihre Arme um sie. Anna drückte sie ganz fest an sich und spürte, wie Lisas Tränen eine große Last fortspülten. »Lass es raus, Kleines,« flüsterte sie. Kathi und Jonas begaben sich in die Kochnische und versuchten, die Einkäufe zu verstauen. Sie blickten zu Anna und Lisa. Ihnen bot sich ein trauriges Bild. Auch Anna kämpfte mit den Tränen, aber sie liessen beide Frauen eine ganze Weile so sitzen. Kathi suchte etwas zur Ablenkung und aß einen Joghurt, ihr Bruder machte sich einen Kakao. Die beiden wirkten etwas hilflos in diesem Augenblick. Etwas später stand Lisa auf und verschwand im Bad. Anna bemerkte ihren Gesichtsausdruck nicht und ging zu den Kindern, um das Essen zu kochen. Lisa rief aus dem Bad und Anna stürzte zu ihr.

»Nichts schlimmes, Anna. Hast Du etwas ... ich meine ... ach Mist, ich laufe aus!« Anna gab ihr, was sie für diese Fälle ebenso benötigte und blieb kurz bei ihr, um zu sehen, ob nichts Schlimmeres folgte. Danach gingen die beiden zu den Kindern in die Kochnische und alle vier versuchten, durcheinander ihre Absicht umzusetzen, etwas zu kochen. In der kleinen Nische wurde es hektisch, woraufhin es Anna zuviel wurde und sie alle anderen hinaus befahl. Kathi und Lisa deckten den Tisch, Jonas sorgte für die Getränke und schließlich saßen alle am Tisch und ließen es sich schmecken.

»Hast Du fein gekocht, Anna,« stellte Kathi fest.

»Ach, Kleines, das müsste heißen: hast Du fein die Dose aufgemacht. Ich kann doch gar nicht kochen.«

»Es schmeckt, das ist wichtig,« stimmte Jonas zu und wies den bettelnden Rob auf seinen neuen Platz im anderen Zimmer. Nach dem Essen schaltete Anna den beiden Kindern den Fernseher ein und ließ Lisa auf der Couch schlafen. Sie drehte sich eine Zigarette, machte sich einen Kaffee und begab sich auf ihren kleinen Balkon. Schöne Scheiße, dachte sie sich und fing an, die Situation zu analysieren. Immer wieder fehlten ihr Bruchstücke, die nur in einem Gespräch geklärt werden konnten. Sie blickte durch die Scheibe Lisa an und hoffte, dass ihre Freundin nicht einknickte. Frauen sind manchmal so dämlich, fauchte Anna innerlich und meinte die Geschichten von zu ihren Männern zurückkehrenden Geschlechtsgenossinnen, die sie noch nie verstanden hatte. Anna war eine Kämpferin. War es Lisa auch? Sie hatte sich in den letzten Tagen wacker geschlagen und richtig reagiert, resümierte Anna. Jetzt nur nicht schwach werden, meine Süße! Dann wird schnell alles besser. Als sie Lisa betrachtete, sah sie in ihrem schemenhaften Spiegelbild in der Glastür sich selbst und fragte sich, was nun werden würde und wie sie helfen konnte. Diese Gedanken verschwanden aber und sie sah sich genauer an. Dick bist Du geworden Anna, stellte sie fest. Wollten wir das nicht irgendwie ändern? Du könntest doch vielleicht jetzt einen neuen Anlauf nehmen, um Dich anders zu ernähren. Warum eigentlich? Wegen eines Mannes? Es gibt doch gerade gar keinen. Oder ist es genau das, was Dich stört? Die können mich mal, die Kerle. Anna wurde innerlich wütend. Sie hatte vor ein paar Jahren eine ähnliche Situation erlebt, keine sonderlich lange Beziehung mit jemandem gelebt aber eben für ihre Verhältnisse eng. Nach einem halben Jahr ging das Bestimmen und Herumkommandieren los. Anna lies sich das nur höchst ungern gefallen und gab ihrer Natur entsprechend Contra, was dazu führte, das Monsieur meinte, es mit Gewalt durchsetzen zu müssen. Anna erinnerte sich an die Situation und grinste. Er hatte nicht gewusst, dass sie während der Schulzeit Kampfsport betrieben hatte. Darum war sie letztlich auch so fest geworden, sie hatte wohl zu sehr mit den Jungs gleichziehen wollen, aber diesem Mann war es gar nicht bekommen. Er hatte sie anschließend in der Firma denunziert und den längeren Hebel beim Chef gehabt. Anna blickte traurig auf ihre Balkonpflanzen und sinnierte über die männerdominierte Gesellschaft, in der sie lebte. Tief in ihrem Inneren wollte sie raus aus dieser Maschinerie aus Ellbogen und doppelten Anstrengung als Frau. Eine Hand legte sich auf ihre Schulter und Lisa schmiegte sich an sie.

»Hey, Lisa? Schön geschlafen?«

»Ja, Anna. Danke, das hat mir gut getan. Ich muss mit Rob raus und möchte mich etwas bewegen. Ich nehm' die Kinder mit und Du hast etwas Ruhe.«

»Die hatte ich doch gerade schon. Ich komme einfach mit, ja?«

»Das ist schön,« freute sich Lisa.

Der späte Nachmittag und frühe Abend verging mit Hundespielen, Kinderspielen und viel körperlicher Bewegung. Anna war schon seit ewigen Zeiten nicht mehr so viel gelaufen. Sie rannte mit den anderen Vier über die Wiesen außerhalb der Ortschaft und fühlte sich wie in einer anderen Welt. Lisa und die Kinder vergaßen über das Spiel die Sorgen und die Gesichter hellten sich auf. Lisa dachte kurze Zeit an die Begebenheiten des Tages, wurde dann aber jäh von Rob aus ihren Gedanken gerissen, der anfing einem Reh hinterherzulaufen. Sie rief, aber er hörte nicht. Anna kam zu ihr und beide dachten den gleichen Gedanken. Sie schauten sich an, machten zwei Nickbewegungen mit dem Kopf und bei der dritten, pfiffen die beiden Frauen aus Leibeskräften, woraufhin Rob sofort kehrtmachte und seine Jagd abbrach. Nach einem längeren Augenblick saß er neben ihnen und Anna schaute in Lisas Augen.

»Siehst Du, gemeinsam schaffen wir das,« stellte sie fest. Lisa nickte und fragte: »Meinst Du gemeinsam?«

»Ja, Liebes. Gemeinsam!« Als das Abendessen vorüber und die Kinder in die provisorischen Betten gebracht waren, machten es sich Lisa und Anna auf der Couch gemütlich. Sie hatten sich Tee gekocht, Kokosnuss-Raspeln und Macadamianüsse hingestellt. Anna philosophierte über die wunderbare Kombination dieser Genüsslichkeiten und Rob ließ sich von Lisa kraulen.

»Hast Du gar keine Angst mehr vor Rob, Anna?« Unterbrach Lisa die Stille.

»Ich hatte noch nie Angst. Ich kann mit Hunden einfach nicht umgehen,« erklärte Anna. »Eigentlich habe ich es aber auch noch nie richtig versucht. Irgendwie halte ich mich eben einfach zurück, weißt Du?«

»Rob mag Dich,« stellte Lisa fest.

»Ja? Woher weißt Du das denn?«

»Sonst würde er nicht auf Deinen Füßen liegen. Hunde spüren sehr viel mehr als Menschen. Ich beneide sie.«

»Du meinst, Stefans Verhalten?«

»Ja, wenn ich das Gespür von Rob gehabt hätte ...« Lisa fuhr nicht weiter fort, sondern nahm Annas Hand und legte sie auf Robs Kopf. Ihre Hände blieben zusammen und Anna erwiderte Lisas Druck. »Wie hast Du das eigentlich gemeint, Anna? Zusammen?«

»Gemeinsam, Lisa. Ich sagte gemeinsam.« Sie blickte Lisa streng an. »Glaubst Du, ich möchte etwas von Dir?« Anna hatte ausgesprochen, worum Lisa sich drückte. »Ich mag Dich, Lisa. Sehr gerne. Und das schon seit unserer Teenagerzeit. Damals im Skilager, weißt Du noch?« Lisa nickte. Anna nahm den Satz wieder auf. »Damals im Skilager haben wir uns etwas gegeben, was wir beide wollten und damit war es gut. Nicht näher, nicht weiter gehen, dachte ich damals. Und es war gut so. Dabei soll es auch bleiben. Was Du mir geben kannst ist das, was mir die Männer nie geben konnten und ich glaube, es ist letztlich das Vertrauen, dass ich zu Dir habe. In dieser Unantastbarkeit meines Innersten aber entsteht die sehr innige Freundschaft und etwas, was ich jetzt endlich definieren kann. Wie ich schon sagte, Vertrauen. Dieser Begriff, der so oft missverstanden wird und immer wieder mit Füssen getreten am Boden verkümmert.« Anna senkte ihre Stimme dabei und wurde fast sentimental.

»Hey,« sagte Lisa und gab ihr einen flüchtigen Kuss auf die Wange. »Du bist einfach in Ordnung.«

»Das ist es was ich meine, Lisa. Ungezwungene Zuneigung, die den anderen nicht verletzt und ihm auch nicht zu nahe tritt.« Lisa dachte darüber lange nach und schwieg. »Das können Männer einfach nicht. Dazu sind sie nicht gebaut,« fügte Anna hinzu.

»Auch wenn Du mich für total bescheuert nach diesem Tag hältst, ich glaube, es gibt sie,« erwiderte Lisa. »Ich gebe die Hoffnung nicht auf.«

»Entschuldige, dass ich das Thema wechsle, aber wie bist Du eigentlich auf die Idee gekommen, das Motorradteil in die Suppe zu tun?« Fragte Anna.

»Och, das war eigentlich spontan. Mein Plan war nur die Stromrechnung und der Kontoauszug als Serviette.«

Anna lachte: «Genial.«

»Dann habe ich Jonas auch so eine Serviette aus dem Ausdruck seines Chats gemacht, den ich auf dem Bildschirm bei ihm gefunden habe. Ein scheußlicher Chat, lauter Mistkram, schweinische Beschimpfungen und Hetze. Ich muss nochmal mit ihm darüber reden, aber das lassen wir erst mal, es gefällt mir, wie er heute reagiert hat. Ich glaube, er hat schlimmeres verhindert. Er hat sich richtig vor mich gestellt.« Anna nickte bewundernd. Lisa nahm ihren Faden wieder auf: »Ich hatte ja Stefans Aktien wieder verkauft, das Geld sollte für den Monat reichen, es waren nicht ganz 250,-Euro. Und er hat nichts besseres zu tun, als sich am Morgen nach unserer rauschenden Nacht ein blödes Teil für sein Motorrad zu kaufen.«

»Rauschende Nacht?« Hinterfragte Anna.

»Ich habe ein schönes Essen arrangiert, wollte meine Gefühle klären und ihn ein bisschen verführen,« erklärte Lisa. Sie trank gedankenversunken einen Schluck Tee.

»Und?« Wollte Anna wissen.

»Und? Ich kann das gar nicht erklären. Mir fehlen irgendwie die Worte. So kalt, so gefühllos, so ...« Lisa schwieg. »Danke für den schönen Empfang, sagte er,« wiederholte sie seine Worte. »Du bekommst das bestimmt wieder hin. Er hatte das Essen, was ich uns vorbereitet hatte, gar nicht beachtet, sondern alles auf unserer Picknickdecke verstreut. Vielleicht war er doch eher ein grober Kerl.«

»Das merkst Du aber früh,« schmunzelte Anna.

»Wieso?« Lisa war verwirrt über Annas Feststellung. »Er war eigentlich ein guter Liebhaber und zärtlich war er auch. Früher.« Lisa hielt sich an ihrer Teetasse fest.

»Bei eurer Hochzeit half er mir einmal aus dem Auto, weißt Du noch?«

»Wo Du fast hingefallen bist? Ich dachte Du wärst ungeschickt gewesen?«

»Glaubst Du? Er hatte mich so fest am Arm gezogen, dass ich gestolpert bin. Ich hatte damals das Gefühl, er benötigt viel Energie, um sich so zu verstellen, wie Du ihn beschrieben hast.«

Lisas Gesicht erhellte sich. »Ich glaube, ich war etwas blind gegenüber den Veränderungen in letzter Zeit, Anna.«

»Wenn es langsam genug ist, bemerkt es keiner von uns,« beruhigte diese.

»Und was machen wir jetzt?« Lisa hatte sich lange auf diese Frage vorbereitet und schien fast erstaunt über die Kürze, in der sie ausgesprochen war.

»Kleines, wir fangen jetzt zu Leben an, das habe ich heute beschlossen!« Sagte Anna energisch. Lisa lächelte und nickte dabei.

»Gute Idee! Gemeinsam?«

»Lass uns die Dinge sich entwickeln, Liebes. Mit Gefühl für unsere Wünsche und mit Gespür für die Dimension.« Anna lächelte. Lisa sah in ihre Augen und konnte ihren Blick deuten.

Lisa verbrachte den Sonntag zusammen mit den Kindern und Anna im Zoo. Natürlich war auch Rob dabei, der Spaß daran hatte, die unterschiedlichen Gerüche aller möglichen fremder Tiere aufzunehmen. Sagen konnte er es nicht, aber seine Aufregung und seine Körpersprache waren für Lisa interessant. Sie wollte schon seit langem mit den Kindern in den Zoo und Anna, die ihre Arbeit links liegen gelassen hatte, die sie sich eigentlich für dieses Wochenende mitgenommen hatte, war diesmal auch dafür zu begeistern. Anna dachte trotz ihrer Ungezwungenheit an die kleine Familie, die gerade ihr Heim verloren hatte. Wirklich verloren? Sie überlegte viele kleine mögliche Schritte, die einen großen ergeben würden, aber sie wollte Lisa nicht überfahren und Dinge geschehen lassen. Allerdings war da dieser Aspekt der zu kleinen Wohnung, der fehlenden Möbel für Lisa und die Kinder, die Nähe zu Rob, die doch sehr fremd war und schließlich auch das Ungerechtigkeitsempfinden der Situation gegenüber. Der Mann saß im großen Haus, die Frau mit den Kindern in einer kleinen Wohnung bei der Freundin. Anna hatte eine Idee. Sie wusste nur noch nicht, wie sie Lisa es übermitteln könnte, ohne mit der Tür ins Haus zu fallen. Lisa war so schön abgelenkt, sie wollte sie jetzt nicht mit der Nase in die Realität stupsen. Die Realität kam ihr zu Hilfe. Die beiden Frauen standen vor dem Affengehege. Lisa rief Kathi und Jonas, weil sie ihnen das kleine Pavianbaby zeigen wollte. Ihr fiel dabei ein alter, grauhaariger Pavian auf. Er vertrieb immer wieder eine kleine Gruppe junger Paviane, die versuchte seinen Platz einzunehmen. Es war der Platz, an dem die Wärter Futter hingelegt hatten und die Rangfolge bestimmte, dass der Boss sich nehmen durfte, bis er satt war. Die Jungen stibitzten ihm aber immer wieder etwas und merkten wohl dabei, dass der alte eben nicht mehr ganz so schnell war, wie er früher einmal gewesen sein musste. Sie waren in der Überzahl. Es gab ein kurzes

Gerangel, aber die Jungen waren zu schnell und zu viele. Der Alte gab nach, er verkrümelte sich. Lisa war vertieft in Gedanken. Sie merkte nicht, dass die Kinder schon weiter gegangen waren, aber seit Kathi und Jonas nicht mehr so klein waren, hatte sie die ständige Kontrolle etwas abgelegt und versank bei ähnlichen Gelegenheiten immer öfter in Gedanken. Dennoch sah sie sich um und entdeckte Kathi und Jonas am Ende des Geheges. Beruhigt wendete sie sich wieder ihren Gedanken zu und bemerkte erst jetzt, dass Anna ganz dicht hinter ihr stand.

»Anna, ich hatte gerade einen wunderbaren Gedanken.«

»Du meinst, Männer müssten sich lila anmalen? Auch an diesen Stellen? Sähe bestimmt lustig aus,« scherzte diese.

»Ja, das können wir ja dann mal beim Familienministerium beantragen,« lachte Lisa und wurde wieder ernst. »Nein, ich hatte gerade einen Gedanken über unsere Situation. Wir werden Dich bald einengen, dann fangen wir an zu streiten und unsere Freundschaft geht in die Brüche.«

»Liebes, so schnell geht das nicht, ist schon in Ordnung,« erwiderte Anna und nahm Lisa an der Hand.

»Nein, wirklich. Ich glaube es geht schneller als Du denkst und das wäre etwas was ich nicht ertragen könnte. Jetzt hatte ich gerade eine Idee. Ich sehe ja gar nicht ein, dass Stefan wie ein alter Pavian im Haus sitzt und wir uns bei Dir auf die Füße treten.«

»Hey, Lisa. Du bist ja richtig kämpferisch,« stellte Anna fest.

»Was glaubst Du denn? Wenn ich jetzt anfange nachzugeben, herumzujammern und nicht dafür zu kämpfen, wofür ich einstehe, dann brauche ich es gar nicht mehr zu versuchen. Dann hat er gewonnen,« führte Lisa ihre Gedanken fort. »Ich habe mich gestern und heute morgen fallen lassen. Habe nicht viel gedacht und versucht, erst mal abzuschalten. Aber es lässt mir keine Ruhe.« Lisa machte eine Pause. »Wo sind denn eigentlich die Kinder?« stellte sie fest.

»Keine Ahnung, Lisa. Da fragst Du die richtige, ich kann doch nicht mal für den verbleib meines teuren Kugelschreibers garantieren. Kathi! Jonas!« Anna machte sich auf die Suche, Lisa hielt sie jedoch zurück und wedelte mit ihrem Handy. »Anna, etwas Hilfe kann man ja von der Technik erwarten, oder?« Jonas Handy klingelte hinter Lisas Rücken. Anna lachte und machte Zeichen mit dem Kopf. Die beiden Kinder nahmen ihre Mutter in den Arm und lachten.

»Mama,« trieb Kathi sie an, »komm, wir wollten doch noch zum Streichelzoo!«

Der Abend verlief ruhig, aber ernst. Lisa und Anna überlegten sich eine Strategie. Als Lisa auf der Matratze auf dem Boden neben Anna lag, dachte sie über ihre Freundin nach und wunderte sich ein bisschen über ihre Geduld. Anna war früher aufbrausend und unbeherrscht. Jetzt, in dieser Situation war sie überlegt und ruhig. Lisa empfand es sehr angenehm die Kraft, die von Anna ausging, zu spüren. Sie fühlte sich nicht kraftlos, nicht verängstigt, aber eine gewisse Unwägbarkeit lag in dieser Situation, in der ihre Zukunft davon abhing, ob sie die Fäden richtig führen würde. Die Verantwortung erschreckte sie nicht, es war wie ein tiefer Atemzug vor dem Hürdenlauf und die beginnende Anspannung.

Der neue Alltag

Als der Herbst in jenem Jahr Einzug gehalten hatte, die Winde kühler wurden und die Sonne spürbar tiefer stand, saß Lisa mit Rob unter ihrem Lieblingsbaum am Rande der Wiese. Sie hatte es zum Ritual werden lassen hier Kraft zu tanken und ihren Gedanken freien Lauf zu lassen. Eine Decke hielt die kühle Luft ab, Rob lag nach dem Rennen und Spielen erschöpft neben ihr und knabberte an einem Stöckchen. Lisa drehte sich eine Zigarette, zündete sie an und blies den Rauch hoch in die Luft über sich. Sie schlug ihr Tagebuch auf und las:

18. November, ich bin jetzt zwei Monate von Stefan getrennt. Es scheint sich alles zu stabilisieren. Seine Zahlungen kommen pünktlich, nachdem ich anfangs schon Befürchtungen hatte, er könnte es verweigern. Anna hatte ihm eingeheizt. Gleich am Anfang haben wir massiv mit einer befreundeten Anwältin und seinen Eltern auf ihn eingewirkt. Er gab seinen Widerstand schnell auf, schien fast Reue zu zeigen und ist nach kurzem Zusammenbruch bei seinen Eltern eingezogen, die ihn aufgefangen hatten. Der persönliche Kollaps hatte mit seiner Arbeit zu tun, die er verlor, als der Krach losgegangen war. Nun, ob er log oder nur die Wahrheit geschönt hatte, ob er versucht hat, sich zu rechtfertigen, es ist mir gleichgültig. Ein Mensch darf so etwas nicht tun. Gewalt ist keine Lösung. Das hat er auch eingesehen und sich in aller Form entschuldigt. Mit Blumen und einem Brief, worin er schrieb, ich solle zu ihm zurückkehren. Das hat viel Mut erfordert, so, wie ich ihm gegenüber aufgetreten bin. Wir führten ein langes und intensives Gespräch. Auf der Auffahrt vor dem Haus. Wahrscheinlich der beste Ort für solche Gespräche. Er hätte sofort wegfahren können und für mich sicher, weil die

Nachbarn zusehen, aber nichts hören konnten. Anna schaute ab und zu zum Fenster hinaus und die Kinder waren außer Hörweite. Ich habe ihm, zum ersten Mal, meine Meinung über ihn in aller Ruhe und Deutlichkeit zum Ausdruck bringen können. Das Nein, zu seinem Vorschlag klang dabei wenigstens nicht so hart, wie ich es eigentlich dachte. Nun habe ich die Scheidung eingereicht, wohne mit Anna im Haus, das wir innen völlig umgekrempelt haben und fühlen uns an sich wohl. An sich, weil ich darüber nachdenke, was ich denn machen könnte. Stefan zahlt zwar Unterhalt, aber die Kinder brauchen mich nicht ständig und werden auch langsam erwachsener. Anna ist ein Schatz und eine wahre Freundin. Sie hatte ihre Wohnung mit dem Argument aufgegeben, Miete müsse sie ohnehin zahlen, also zahlt sie sie eben für einen Teil des Hauses. Was mir und den Kindern erst ermöglicht hat, dort wohnen zu bleiben. Sie hat meine Stimmungen aufgefangen, mir Zuneigung geschenkt und mir manches Mal die Leviten gelesen. Wenn es jemanden gibt, dem ich die Worte »Ich liebe Dich« sagen würde, wäre es Anna. Außer Kathi und Jonas natürlich. Jonas hatte von sich aus angefangen über diesen Chat zu sprechen. Es belastete ihn und darum ist er aus sich heraus gesprudelt. Nun, Erfahrungen gehören auch zum Lernen, denke ich mir. Sein PC ist jetzt kindgerecht und frei von diesem Zeug. Anna hat schon ganz schöne Tricks drauf.

Lisa holte einen Stift aus ihrer Tasche und schrieb weiter: Ich lasse mir den Herbst und Winter über mal durch den Kopf gehen, was ich mit meinem Leben anfangen möchte. Alles läuft so ruhig dahin, dass ich diese Zeit sehr gut nutzen kann. Morgen fange ich bei Baumgartner, der Schreinerei im Dorf, als Bürohilfe an. So ein paar Stunden nebenbei zu arbeiten schafft etwas finanzielle Freiheit. Aber als Lebensaufgabe ist das nichts. Rob ist süß, er stupst mich gerade, weil ihm langweilig ist ...

Zu Hause angekommen, sah Lisa einen Zettel von Anna auf dem Tisch liegen: Bin bei Rüdiger. Kann spät werden. Gruß Anna. Lisa dachte sich dabei nicht viel, wunderte sich nur, dass Anna schrieb, es könne spät werden. Sie war einige Male mit Rüdiger, einer neuen Bekanntschaft, ausgegangen und immer bei ihm über Nacht geblieben. So verging der Abend in ruhiger Atmosphäre und Lisa schlief wie ein Murmeltier. Nur einmal hörte sie Annas Wagen und ein doppeltes Türenschließen, dachte sich aber nichts dabei und schlief weiter. Der Wecker klingelte und Lisa erinnerte sich an das Türenschließen. Unsicher, ob nicht doch vielleicht Rüdiger im Haus wäre, zog sie Jeans und T-Shirt an, statt nur im Nachthemd, wie sonst, in die Küche zu gehen. Dort war aber niemand und Lisa begann sich einen Kaffee zu kochen und zu frühstücken. Sie hatte sich angewöhnt eine ganze Zeit früher als die Kinder aufzustehen, weil sie die Zeit einfach genoss, langsam wach zu werden. Als der Kaffee in ihrer Tasse dampfte und sie den ersten Schluck getrunken und ein Honigbrot gegessen hatte, hörte sie Schritte auf der Treppe. Andere Schritte als die von den Kindern oder Anna. Sie nahm sich ihren Tabak und drehte sich eine Zigarette.

»Rauchst Du etwa schon morgens? Guten Morgen. Ich bin Rüdiger, Du musst Lisa sein.«

»Ja und ... Ja.« Antwortete Lisa knapp.

»Darf ich mir einen Kaffee nehmen?« Fragte der von Lisa gemusterte Rüdiger und hatte schon Kathis Tasse in der Hand, goss sich Kaffee ein und moserte weiter über das Rauchen. Lisa schwieg und zündete die Zigarette an. »Ich habe Anna schon vorgeschlagen auch aufzuhören, so wie ich. Selbstdisziplin ist alles, weißt Du? Ein starker Geist in einem starken Körper,« fabulierte Rüdiger und plusterte sich dabei auf. Lisas Blick fiel auf sein abgewetztes T-Shirt und seine Unterhosen. »Was macht der hier in Unterhosen? Ich kenne ihn ja gar nicht,« dachte sie.

»Anna hat mir schon viel von Dir erzählt und da habe ich ihr vorgeschlagen, ich könnte doch mal bei ihr übernachten und ihre Mitbewohnerin kennen lernen. Kennt ihr euch schon lange? Du siehst ja wirklich so gut aus, wie sie es beschrieben hat.« Rüdiger redete eindeutig zu schnell und zu viel. Das Anna viel erzählt und dann auch noch über sie, war Lisa nicht so bewusst. Lisa schwieg immer noch. Sie rutschte auf der Eckbank weiter nach vorne, um bald ins Bad gehen zu können. Rüdiger versuchte noch einige Komplimente, indem er weitere Bemerkungen über Lisas Aussehen machte und sagte schließlich:

»Ich würde mich freuen, wenn Du mich mal anrufst, wir können ja dann mal ausgehen.«

Lisa stand auf, nahm Rüdiger die Tasse aus der Hand und sagte ganz trocken und sehr leise: »Lieber Rüdiger, es war nett Dich kennen gelernt zu haben, aber vor allem sehr lehrreich. Ich gebe Dir genau drei Sekunden um zu verschwinden. Bei der vierten hole ich meinen Dalmatiner.« Rüdiger lächelte anfangs noch gekünstelt, amüsierte sich etwas über Lisas Drohung, aber als diese »Rob!« Rief, der prompt aus dem Garten antwortete, stürzte er los, um sich anzuziehen. Lisa brauchte nicht lange zu warten, da hetzte Rüdiger an der Küche vorbei zur Haustür, die er laut ins Schloss fallen lies. Rob schlug an und bellte so laut, dass Lisa ihn ins Haus holte. Anna kam die Treppe herunter und schien sichtlich verwundert über den schnellen Aufbruch ihrer Bekanntschaft. Lisa stand mit ihrer Kaffeetasse ruhig und gelassen am Fenster und drehte sich zu Anna um.

»Ich habe gerade Rüdiger kennengelernt,« sagte sie grinsend und nahm die immer noch verwundert blickende Freundin in den Arm. »Komm setz' Dich, ich berichte Dir mal unsere nette Unterhaltung.« Der Tag begann mit Lachen und dem Vorsatz, keine für die jeweilige Freundin fremden Personen ins Haus zu holen. Als Kathi und Jonas in die Küche herunter kamen, fanden sie ihre Pausenbrote und ihren Kakao schon fertig auf dem Tisch stehen.

»Ich habe doch heute gar nicht Geburtstag, Mama,« meinte Jonas.

»Ach weißt Du, mein Großer,« meinte Lisa, »ich wollte heute einem Mann mal einen kleinen Gefallen tun. Und Du bist mir der allerliebste!«

Eine neue Bekanntschaft

Der Herbst verging und der Winter kam. Es geschah, was Lisa in ihrem Tagebuch angedeutet hatte. Sie lies sich durch den Kopf gehen, was sie mit sich und der Welt anfangen wollte, kam aber noch zu keinem konkreten Ansatz. Sie hatte die breite Unterstützung ihrer Lieben, ihre kleine Familie lies ihr viel freie Zeit, der Alltag verging angenehm und friedlich. Jonas wurde 14 und lernte die Mädchen kennen. In Lisas Augen saß er nun noch tiefer in der Patsche. Mit einem Augenzwinkern beobachtete sie, wie er lernte. Kathi war 12 geworden, ritt sehr viel auf ihren Pferden und lernte Schlittschuhlaufen. Beide Kinder verbrachten viel Zeit mit ihren Freunden und Lisa genoss die Zeit mit sich selbst. Anna war sehr beschäftigt, sie hatte ein neues Projekt in der Firma, von dem sie aber nicht sehr begeistert schien und benötigte immer wieder Lisas aufmunternde Worte. Lisa verstand zu wenig von Annas Tätigkeit, um ihr geeignete Ratschläge geben zu können, versuchte aber Anna auf der menschlichen Seite nach Kräften zu unterstützen. Es war mittlerweile zwei Tage vor Weihnachten. Stefan holte Kathi und Jonas ab, die Kinder wollten die Ferien bei ihrem Vater verbringen und Anna packte ihre Sachen für ihren Ski-Urlaub mit ihren Arbeitskollegen.

»Kommst Du wirklich klar, Lisa?« Anna war etwas besorgt, weil sie ein schlechtes Gewissen hatte, ihre Freundin über die Feiertage alleine zu lassen.

»Ich habe genug vor, außerdem brauche ich mal die Ruhe und kann endlich um Mitternacht Samba tanzen.« Anna lachte und nahm Lisa in den Arm.

»Pass auf Dich auf, Liebes«, flüsterte Anna und Lisa lächelte zurück.

»Brich Dir nichts, Du Supersportlerin, mach' langsam, ok?«
Am frühen Abend dachte Lisa nur an Schlaf, Ruhe und
Faulenzen. In ihrem Hinterkopf schlich aber ein Gedanke
herum, der sie schon einige Zeit begleitet hatte. Sie wollte
endlich in Ruhe zu sich selbst finden und ein sportlicheres
Leben anfangen. Eine Bekannte von Anna hatte ihr mal ein
Buch mitgebracht und nachdem es bereits einige Wochen in
der Küche gelegen hatte, wollte Lisa herausfinden, worin
denn der kommerzielle Erfolg dieses Buches begründet
war. Der Titel klang vielversprechend: Finde Dich selbst, zu
einem natürlicheren und gesünderen Umgang mit sich
selbst. Statt sich also Ruhe zu gönnen und zu faulenzen,
verbrachte Lisa den Abend mit Lesen. Das Buch ging über
einige allgemein gültige und recht einleuchtende Tatsachen
schnell ins Tiefere und fesselte Lisa, bis es weit nach
Mitternacht war. Anna hatte früher schon einmal
bewundert, wie schnell Lisa lesen konnte und sich den
Inhalt eines Buches trotzdem sehr gut einprägen konnte. So
auch dieses Mal. Als sie die letzte Seite des Buches gelesen
und es zugeklappt vor sich liegen hatte, war sie sichtlich
erschöpft. Sie sah Rob an und wunderte sich, wieso sie so
lange wach geblieben war. Sie hatte weder gegessen, noch
getrunken. Vor ihrem geistigen Auge drehten sich unzählige
Buchstaben und ihre Gedanken waren durcheinander. Sie
machte sich einen Früchtetee und aß dazu eine Banane.
Dann drehte sie sich eine Zigarette und legte ihre Füße auf
den gegenüberliegenden Stuhl. Während sie den Rauch aus
blies und die dünnen Schwaden mit den Augen verfolgte,
dachte sie an den Inhalt des Buches. Irgendwie kam es ihr
merkwürdig vor. Ein Bestseller, von vielen Menschen
gelesen, von Bekannten empfohlen. Waren alle diese
Menschen glücklich? Hatten sie zu sich selbst gefunden?
Warum strahlte die Bekannte, die ihr das Buch geschenkt

hatte, keine Selbstzufriedenheit aus? Jene hatte zwar von tollen Tipps und guten Ideen berichtet, aber allem Anschein nach keine einzige umgesetzt. Oder lag es an den Tipps? Der Autor ging von äußerlicher zu innerer Ordnung über. Entrümpelung nannte er es. Die Dinge, die einen belasten, die Gedanken, die einen belasten und schließlich fabulierte er über die eigenen Blockaden. Es ergab schon einen Sinn, was er im Einzelnen schrieb, aber der Zusammenhang zu dem, was Lisa sich unter Selbstfindung vorstellte, eröffnete sich nicht. Sie sah ohnehin nicht viel fern, ihre Papiere waren bestens aufgeräumt, die Wohnung war nicht mit Nippes und Kitsch überfrachtet. Seit sie keinen Mann mehr hatte, war der Keller aufgeräumt und es gab kein heilloses Durcheinander an immerfort dringend benötigten Elektrowerkzeugen. Sie hatte ausschließlich Kleidung, die sie auch anzog und als Lisa genau nachdachte, fiel ihr, außer der Steuererklärung für das kommende Jahr, kein einziger offener Punkt ein, der unerledigt war. Ich bin ein Mann, dachte Lisa. Ich bin zu ordentlich. Sie verwarf diesen Gedanken aber sofort wieder, weil die Ordnung zurückgekehrt war, als Stefan nicht mehr da war. Lisa drehte das Buch vor sich auf dem Tisch. Finde Dich selbst, las sie sich selbst laut vor. Finde Dich selbst Lisa, sagte sie im Geiste. Gut, der Autor hatte recht mit den Gedanken an einen gesunden Lebenswandel ohne unnötigen Stress und ohne die Panikmache der Umwelt. Aber viele Tipps hatte Lisa bereits ohne diese Lektüre gewusst und in ihr Leben integriert. Sie ließ Rob in den Garten und sah zu den Sternen hinauf. Auf dem Dorf, wo sie lebte, war es nachts sehr ruhig und sie konnte einige Geräusche der Tiere im nahe gelegenen Wald hören. Die Großstadt war weit genug entfernt, um den Himmel nicht zu erhellen, und die Pracht der funkelnden Lichter war in dieser klaren, kühlen Nacht so überwältigend, dass Lisa sich in ihre Kindheit zurückversetzt fühlte. Sie hatte oft mit ihrem Bruder im Garten gelegen und die Sterne beobachtet. Er hatte ihr etwas Astronomie beigebracht und viele Geschichten dabei erzählt. Als Lisa die Achse des Großen Wagens sah, erinnerte sie sich an das Sternbild des Orion. Zu jener Zeit zählte ihr Bruder schon zu den Großen und Lisa noch zu den Kleinen. Sie hatte oft zu ihm aufgeblickt und ihn bewundert. Eines Abends hatte eine Polizeistreife vor dem Haus gehalten und von einem Unfall erzählt. Na großer Bruder? Nun steh ich hier und bin so klug als wie zuvor, dachte Lisa und blickte auf den Polarstern. Es war der erste Stern, den ihr Bruder ihr gezeigt hatte. Lisa vermisste ihn. Sie vermisste das Gefühl, das er ihr gegeben hatte. Das Gefühl, um seiner Selbst willen geliebt zu werden. Ohne Forderungen ohne Erwartungen des Gegenübers. Anna gab ihr oft dieses Gefühl, aber es war das einer Freundin. Sie war eine Frau. Es fehlte etwas dabei. Sind Männer und Frauen sich gegenseitig doch ergänzende Wesen? Während sie Rob zu seinem Schlafplatz in der Küche brachte, dachte sie an die Kinder. Der Dalmatiner legte sich brav auf seinen Platz und Lisa streichelte seinen Kopf. Du liebst mich, wie ich bin. Kathi und Jonas lieben mich ebenso bedingungslos. Und Anna ist ein ganz spezieller Mensch. Ich mag sie sehr, sehr gerne, dachte sie. Aber liebe ich mich denn selbst? Mit diesem Gedanken ging Lisa zu Bett und schlief lange in den Tag hinein. Als sie die Augen aufschlug, fühlte sie sich nicht sehr frisch. Sie ging ins Bad, danach machte sie sich einen Kaffee und kaute eher lustlos an einem Vollkornbrot. Das Buch und ihre eigenen Gedanken dazu gingen ihr durch den Kopf. - Liebe ich mich denn selbst? - Hatte sie sich gefragt. Sie ging ins Schlafzimmer und stellte sich vor den Spiegel. In T-Shirt und Slip habe ich eigentlich keine schlechte Figur, befand Lisa. Sie zupfte an ihren Oberarmen, betastete ihre Hüften und den Po und drehte sich vor dem Spiegel von einer Pose in die andere. »Da musst Du noch etwas nachbessern, liebe Lisa«, mäkelte sie ihr Spiegelbild an. Nachdem sie sich etwas angezogen hatte, frühstückte Lisa richtig und rauchte eine Zigarette. Auf einem Notizblock notierte sie Stichworte, die ihr einfielen, was sie an sich ändern könnte. Sport stand ganz oben, gefolgt von gesund ernähren. Friseur und Rauchen standen darunter. Dann überlegte sie, ob im Haushalt irgendetwas zu verbessern wäre und patrouillierte durch die Räume. Kathis und Jonas' Zimmer waren tabu. Teenager brauchen ihr Chaos. Ebenso war Annas Zimmer nicht ihre Sache. Nachdem sie nichts zu verbessern fand, saugte sie Staub und putzte die beiden Bäder. Während sie arbeitete, gingen ihr die Tipps aus dem Buch durch den Kopf. Schließlich setzte sie sich mit ihrem Notizblock auf die Couch. Sport stand da. Lisa überlegte. Da war doch noch diese Trainingsbank von Stefan? Die muss im Keller sein. Nach kurzer Suche stellte sie sich die Bank in ihrem Zimmer auf und fand auch die dazu passende Anleitung. Auf dem Notizblock standen noch gesund ernähren und Friseur. Das Rauchen strich sie wieder durch, weil sie im Moment gar nicht daran dachte aufzuhören. Sie rauchte ohnehin sehr wenig, aber das genoss sie. Lisa war zufrieden und überlegte sich zum Training auf der Bank noch einen Laufplan. Es war kalt, aber sie hatte Jonas Laufkleidung gekauft, die ihr im Moment passte. »Rob, wir starten jetzt durch!« Rief sie und schlüpfte in die Kleidung. Lisa lief und ging abwechselnd zwei Minuten und kam kaum richtig außer Atem. Nach der halben Stunde war sie aber doch ganz schön geschafft und spielte mit Rob noch ein bisschen auf der Wiese. Nach einer Dusche und einer Portion Reis mit Apfelmus machte Lisa es sich auf der Couch bequem und rauchte eine Zigarette. »Rob!« Beorderte sie ihren Dalmatiner zu sich. »Heute ist Heiliger Abend und Du darfst Dir etwas wünschen«. Rob wedelte mit dem Schwanz und legte seinen Kopf zur Seite. Es ist der Blick der Hunde, der jedes Herz erweicht und besonders Lisas. Sie kam mit einem Wiener Würstchen auf einem Schneidbrett wieder. Rob saß noch immer am gleichen Platz und schaute gierig auf die Wurst, die Lisa in ganz dünne Scheiben schnitt. »Erste Übung«, belehrte sie ihren treuen Freund, »ist die Wurst nicht anzurühren. Platz!« Der Dalmatiner gehorchte und legte sich brav hin. Lisa aß die erste Scheibe Wurst. Rob rührte sich nicht. Dafür gab es eine Belohnung. Dann übte Lisa mit ihm, die Wurst auf die Nase zu legen und nicht zu fressen. Erst auf ihr Kommando warf Rob das Scheibchen hoch und schnappte es. Das letzte Stückchen schob Lisa sich in den Mund. »Tut mir ja leid Rob, aber ich bin die Rudelführerin und darum bekomme ich als erstes und zum Schluss«, erklärte sie den tief braunen Augen, die sie ansahen, als ob das allerletzte Stückchen Wiener Würstchen auf der Welt gerade in einem fremden Mund verschwunden war. Das Telefon klingelte und Lisa nahm das Gespräch entgegen.

»Norman«, sagte sie.

»Hallo Lisa, hier ist Anna. Fröhliche Weihnachten, wie geht's Dir denn?«

»Anna, Süße! Dir auch fröhliche Weihnachten. Mir geht's prächtig, ich habe gerade Übungen mit Rob gemacht, sonst ist eigentlich nichts los. Und bei Dir?«

»Der Typ aus der Buchhaltung geht mir mächtig auf den Senkel, aber sonst ist noch alles in Butter auf dem Kutter.«

»Ich dachte, Du wärst beim Skifahren, Anna?«

»Deine Witze sind umwerfend, Liebes. Du solltest vielleicht ins Fernsehen gehen,« erwiderte Anna lachend. »Aber Du hast recht, der Buchhalter lies sich heute von mir Kielholen, der Skilift war mir da etwas behilflich.«

»Na dann wirf ihn doch anschließend den Haien zum Fraß vor, wenn er nicht brav ist. Du hast mich aber gerade daran erinnert, dass ich Kathi und Jonas noch anrufen wollte. Lass es Dir gut gehen, Süße, bis bald!«

»Genieße die Tage, Liebes. Ich drück' Dich!« Anna versuchte zwar, fröhlich zu klingen, aber Lisa kannte diesen Unterton in ihrer Stimme. Jetzt konnte sie aber nicht eingreifen und außerdem war ihre Freundin alt genug. Das Gespräch mit Kathi und Jonas war angesichts der Geschenke eher kurz gefasst, die beiden waren sehr fröhlich und Lisa hatte bei Stefan und seinen Eltern ein sehr gutes Gefühl. Ein kurzer Anruf bei ihren Eltern folgte noch, dann ließ sich Lisa wieder auf die Couch sinken. So Lisa, jetzt finde Dich mal selbst, dachte sie bei sich. Sie sah ihr Spiegelbild im Fernseher. Ist doch gar nicht schwer, witzelte sie. Aber wo bist Du wirklich? Du bist eine erwachsene Frau und siehst gar nicht mal so übel aus. Nun sitzt Du hier und suchst Dich selbst. Lisa versuchte herauszufinden, wonach sie sich sehnte. Es war nicht einfach, hinzuhören. Ihre Gedanken rissen sie immer wieder fort in Vergangenes oder in Alltäglichkeiten. Die beiden Weihnachtsfeiertage vergingen wie im Flug. Lisa trainierte auf der Bank, erarbeitete sich einen Trainingsplan und lief mit Rob um die Wette. Er gewann regelmäßig, aber Lisa machte es Spaß. Schlaf gönnte sich Lisa soviel sie davon bekommen konnte. Manchmal saß Lisa nur einfach da und dachte vor sich hin. Ihre Gedanken hatten Flügel und sie kreisten wie kleine Möwen über dem Meer der Geschehnisse um sich hier und da einen kleinen Fisch der

Erkenntnis zu angeln. Manchmal schrieb sie sich ein Stichwort auf ein Blatt Papier, ein anderes Mal schlief sie über einen Gedankengang ein. Freundinnen von Anna riefen an und erkundigten sich nach dem Befinden aller. Lisa empfand diese Gespräche als nett aber belanglos. Ihre Gedanken wollten galoppieren wie Wildpferde, aber diese Menschen erschienen ihr zu langsam. Alltägliche Dinge zu erzählen kam ihr vor, wie eine Aufwärmphase vor dem Lauf, aber die anderen setzten sich in diesem Bild und hörten auf. Lisa wollte ihren Gedanken die Sporen geben, sie feuerte ihren Geist unaufhörlich an und merkte, wie sie in diesen Gesprächen ungeduldig wurde und das Tempo der anderen missachtete. Es klingelte an der Tür. Als Lisa öffnete, sah sie die Nachbarin, die ein paar Häuser weiter wohnte.

»Guten Tag Frau Norman,« begann diese.

»Hallo Frau Kleinschmidt,« erwiderte Lisa. Nach ein paar Worten der Entschuldigung wegen der Störung und der Belanglosigkeiten über die Feiertage fragte Lisa, was denn ihre Nachbarin zu ihr geführt hatte.

»Ich habe ein Problem,« begann diese. »Mein Mann und ich haben über Silvester einen Urlaub gebucht und hatten eine Hundepension ausgesucht, wo wir unsere Lucy unterbringen wollten.« Lisa erriet das Ende des Satzes: »Und die ist überbelegt und Lucy hat keinen Platz mehr?« Fuhr sie für die verzweifelt schauende Nachbarin fort. »Nein, nicht überbelegt. Die Dame, die die Pension leitet, ist erkrankt.« Lisa schaltete schnell, erinnerte sich an die Begegnungen zwischen Rob und Lucy und versuchte, Frau Kleinschmidt diesen Umstand so sanft wie möglich beizubringen. »Sie kennen doch die Animositäten zwischen diesen beiden. Ich würde ihnen gerne helfen, aber ich weiß nicht genau, ob das eine gute Idee ist. Ich fürchte, ich kann ihnen nicht helfen, Frau Kleinschmidt.« Sichtlich geknickt verabschiedete sich Lisas Nachbarin. Rob war bereits an die Tür gekommen und stand mit wedelndem Schwanz neben ihr. Lisa blickte Frau Kleinschmidt nach und schloss die Tür. »Ich kann ihr nicht helfen, Rob.« Der Dalmatiner blickte so traurig, wie Dalmatiner manchmal blicken können, und vergrub seine Schnauze in Lisas Jackentasche. Ihr Parka hing an der Kindergarderobe und war für Rob leicht erreichbar. In der Tasche befand sich noch eine Belohnung und Rob befand es als angebracht, sich diese zu genehmigen. »Hey, Du Schlingel. Keine Belohnung ohne Leistung! Das weißt Du doch.« Rob schluckte, wedelte mit dem Schwanz und setzte sich, als ob er wartete. Lisa kniete sich zu ihm und streichelte seinen Kopf. Ihre Gedanken rasten weiter wie vorher, aber die Belohnung für Rob war Anlass für sie, über ihre Worte nachzudenken. Keine Belohnung ohne Leistung, kreiste um den Gedanken, es auch nicht versucht zu haben, Lucy anders zu behandeln, weil Frau Kleinschmidt bei den Begegnungen immer dabei gewesen war. Das ältere Ehepaar verhätschelte den Hund in Lisas Augen. Sie griff zum Telefon.

»Hallo Frau Kleinschmidt, hier ist Norman. Ich habe nochmal über Ihre Bitte nachgedacht und möchte Ihnen gerne helfen. Bringen Sie Lucy doch einfach vorbei und vielleicht ihre Decke und etwas Spielzeug.«

»Möchten Sie das wirklich, Frau Norman? Sie würden uns einen großen Gefallen tun. Vielen Dank, ich komme gleich vorbei,« entgegnete Frau Kleinschmidt hörbar glücklich. Nach einer kurzen Weile klingelte es erneut und das Ehepaar Kleinschmidt stand mit Lucy im Schlepptau an der Tür. Lisa hatte Rob in seine Hütte gebracht um die erste Begegnung mit Lucy sanft gestalten zu können. Herr Kleinschmidt brachte Futter für den ganzen Monat und mehrere Tüten Belohnungen herein, während Lucy stark an Frau Kleinschmidt zog, die sichtliche Mühe damit hatte, sie zurückzuhalten. Beim Hinausgehen legte Herr Kleinschmidt zwei 50 Euro Scheine auf die Ablage an der Garderobe.

»Für ihre Mühen und außerdem ist das für uns sehr günstig«, murmelte er, woraufhin Lisa etwas stutzte und es nicht annehmen wollte.

»Wir hätten in der Pension ein vielfaches bezahlt, Frau Norman,« beruhigte sie Frau Kleinschmidt, drückte Lisa eine Hundedecke in die Hand und legte ihre Hand auf Lisas Schulter. »Sie können das bestimmt gut gebrauchen, nach der Trennung von ihrem Mann und dem ganzen Ärger.« Lisa nahm Lucy an der Leine zu sich und das Ehepaar Kleinschmidt verabschiedete sich mit den Worten »am 3. sind wir wieder da und holen Lucy dann gleich ab, Guten Rutsch und vielen Dank!« Lisa winkte lächelnd und schloss die Tür. Sie schaute Lucy an, die immer noch ängstlich neben ihr stand und an allem schnüffelte. »So meine Gute,« wandte sich Lisa an Lucy, »jetzt gewöhn' Dich erstmal langsam an Dein Hotel.«

Eine Idee

Lisa führte Lucy durch alle Räume, ließ sie schnuppern und sich etwas orientieren. Dann entschied sie, dass die Decke zum Schlafen neben Robs Decke in der Küche am besten platziert wäre und ging zu Rob, während sie Lucy in der Küche lies. Rob war angeleint und witterte Lucy, war aber nur aufgeregt. Lisa holte Lucy und führte die beiden zusammen. Lucy reagierte ängstlich und schnappte nach Rob, der sich nicht aus der Ruhe bringen lies, den fremden Hund zu beschnuppern. Mit viel Ruhe, streicheln und einer Belohnung für beide schaffte Lisa es allmählich, eine entspannte Situation zu schaffen. Sie holte ihren Parka, zwei Leinen und eine Tüte mit Belohnungen, ging mit beiden Hunden auf die Wiese, und begann ein kleines Training zu absolvieren. Rob meisterte alle Aufgaben, während Lucy überhaupt nicht zu verstehen schien, was Lisa von ihr wollte. Abwechselnd sollten die beiden Stöckchen holen oder eine Belohnung auf dem Boden liegen lassen. Nach einer Weile kehrte Lisa ins Haus zurück und führte beide Hunde auf ihre Decken in der Küche, machte sich einen Kaffee und drehte sich eine Zigarette. »Na, ihr beiden,« fasste sie ihre Gedanken zusammen. »Ihr seid ja ein nettes Pärchen. Aber zu dritt werden wir das schon hinbekommen.« Lisa blies den Rauch ihrer Zigarette aus und beobachtete, wie dieser Muster in der Luft bildete. Lucy schnappte manches Mal nach Rob, der ein bisschen schnüffelte, verhielt sich insgesamt sehr angespannt und schien sich mit der Situation noch nicht so recht anfreunden zu wollen. »Was machen wir denn eigentlich Nachts mit euch beiden? Werdet ihr euch kabbeln oder vertragen?« Lisa entschied, sich ein kleines Lager in der Küche zu bauen, und breitete Decken und Kissen aus. Dann machte sie sich ein Abendessen. Während sie auf dem Boden saß, ihr Abendessen genoss und den beiden Hunden beim Fressen zusah, las sie das Blatt Papier mit den Stichworten und ihren Trainingsplan vom Vorabend. Sie fügte morgens und abends einen kleinen Lauf ein. Nach dem Mittagessen am frühen Nachmittag schrieb sie eineinhalb Stunden Übungen mit Rob dazu. Lisa hatte Urlaub bis nach den Weihnachtsferien, die Kinder kamen erst einen Tag, bevor die Schule wieder anfing und Anna musste auch erst dann wieder ins Büro. Bis dahin wollte sie den Plan in der Praxis ausprobieren. Auf dem Blatt mit den Stichworten stand Geld sparen für ihren Traum wegzufahren, ihren Körper in Hochform zu bringen, die Scheidung von Stefan und herauszufinden, was sie eigentlich mit ihrem Leben anfangen wollte. Lisa ging mit den beiden in den Garten. Lucy suchte sich ihr kleines Gebiet und Rob ließ sie gewähren. Die Situation schien sich einzuspielen. Lisa dachte daran, wie einfach es für Hunde ist, sich an neues zu gewöhnen. Sie fand diesen Gedanken interessant, ging mit beiden zurück in die Küche und machte es sich in ihrem Nest aus Decken und Kissen bequem. Sie betrachtete gedankenversunken Lucy. Sie war etwas stämmiger als Rob, hatte ein wunderbares, golden schimmerndes Fell. Lisa streichelte beide und fühlte den Unterschied. Sie dachte an die letzten Tage und bürstete erst Rob, dann Lucy, die sich anfänglich nicht bürsten lassen wollte, aber dann wohl spüren zu schien, dass es eine sehr angenehme Sache sein kann. Sie drehte sich sogar auf den Rücken und genoss die Fellpflege. Der Golden Retriever war noch etwas unsicher, nicht so ganz entspannt wie Rob, den nicht mal eine fremde Hundedame aus dem Gleichgewicht bringen konnte. Aber das lag vielleicht auch daran, dass er wusste, dass er seine Aufgabe gut machte und wie es Lisa erschien, gab es keine Aufgaben für Lucy. Was war denn eigentlich ihre eigene Aufgabe? Kinder groß ziehen, den Haushalt versorgen und Geld dazu verdienen. Konnte man das als Aufgabe bezeichnen? Kinder groß ziehen schon, aber diese Aufgabe würde immer kleiner werden bis die beiden ausziehen und ihre eigenen Aufgaben suchen würden. Haushalt und Geld verdienen zählte Lisa nicht zu Aufgaben, eher zu unabänderlichen Dingen, die getan werden mussten. Lisa setzte sich an das geöffnete Fenster und rauchte eine Zigarette. Nachdem sie die Zähne geputzt und sich einen Jogginganzug zum Schlafen angezogen hatte, da Hundekrallen doch etwas kratzen, wenn auch unabsichtlich, legte sie sich auf ihr Lager. Lucy kam näher zu Lisa und schmiegte sich an ihren Bauch, Rob lag hinter ihr und streckte alle Pfoten von sich. So schliefen alle schließlich ein. Die Worte drehten sich immer noch in Lisas Kopf und führten zu einem seltsamen Traum. Sie war auf einer großen Wiese. Im Hintergrund war auf der einen Seite der Wiese etwas entfernt ein Bauernhaus zu erkennen, auf der anderen führte ein Feldweg zum Horizont, der so flach und eben erschien, wie es nur ein Ozean sein konnte. Rob lief auf der Wiese umher und spielte mit einem anderen Hund. Es war nicht Lucy, weil die neben ihr stand. Lisa konnte es aber nicht genau erkennen. Als sie sich umdrehte, sah sie ein weiteres altes Bauernhaus mit einem sich anschließenden Schuppen. Aus diesem Schuppen kamen einige andere Hunde und liefen auf Lisa zu. Lucy bellte und Rob kam hinzu. Auch er schlug an. Eine Hand berührte sie ... »Lisa, Liebes, warum schläfst Du denn auf dem Boden?« Lisa erkannte verschwommen Anna. Ihre Stimme klang besorgt und Lisa hatte Mühe den Traum von der Wirklichkeit zu unterscheiden.

»Ich muss noch die Hunde in den Stall bringen«, antwortete sie verwirrt.

»Du hast aber tief geschlafen, ich bin schon eine ganze Weile da und habe Dir zugesehen. Magst Du mir Deinen Traum erzählen?« Lisa schilderte ihre Illusion des Schlafes ausführlich und erkannte die Situation zusehends besser. »Was machst Du eigentlich hier, Anna? Du wolltest doch erst nach Silvester kommen?« Fragte sie schließlich.

»Mir hat es dort immer schlechter gefallen. Jeden Tag in den verrauchten Räumen zu sitzen und sich einen hinter die Binde zu kippen, liegt mir eben nicht«, entgegnete Anna.

»Ich mache uns einen Tee und Du erzählst mir mal ein bisschen,« schlug Lisa vor und Anna verschwand kurz im Schlafzimmer, kam mit ihrem Lieblingspulli bekleidet wieder und setzte sich seufzend auf die Hundedecke.

»Gemütlich, so eine Decke, wo hast Du die denn her?«

»Das ist Lucys Decke und Du kuschel Dich in mein Nest, Du bist ja ganz durchgefroren.«

»Dein Nest? Ist das nicht etwas ...« Anna rang nach Worten, fand aber keine und gab ihren Gedanken schließlich auf. »Du bist so was von unnormal, dass ich Dich am allerliebsten um mich habe, Lisa.«

»Jetzt hast Du mir mindestens drei Fragezeichen ins Gehirn gepflanzt und nun bist Du mit erzählen dran.«

Anna lächelte. »Welche drei Fragezeichen denn?«

»Warum bist Du hier, warum frierst Du so und warum sehnst Du Dich nach meiner unnormalen Art?«

»Kurze Antwort?«

»Kurze Antwort.« Lisa sah Anna gespannt an.

»Also, Männer, Autos und Dein Lager hier.«

Lisa berichtete kurz von Lucy und klärte Anna auf, dass sie besorgt sei, zwei Hunde, die sich nicht gut kennen, alleine in einem Raum zu lassen. Anna begann, die Ereignisse während des Skiurlaubs mit ihren Kollegen zu berichten, und Lisa wurde immer neugieriger.

»Du gehst so ins Detail, dass ich jetzt kurz nach dem Frieren fragen muss.«

»Das Auto hat eine Störung in der Klimaanlage,« erklärte Anna kurz und sah Lisa lachen.

»Meins fährt nicht, wenn ich mich nicht auf den Beifahrersitz setze und Deine Karre kühlt Dich zum Gefrierfisch herunter. Aber diese Antwort hätte auch von einem Mann kommen können.«

»Lisa, ich bin eben technisch. Ich denke immer in Logikketten und analysiere ständig. Das ist auch der Grund, warum ich jetzt hier bin.«

»Jetzt hast Du mich aber wirklich neugierig gemacht,« antwortete Lisa und nahm Annas Hand. »Da ist doch mehr dahinter, so wie Du klingst.«

»Ich habe ein Gespräch an der Bar zwischen unserem Geschäftsführer und dem Projektleiter einer anderen Gruppe mitbekommen. Die beiden hatten etwas zu viel getrunken und haben sehr laut gesprochen. Dass ich keinen Alkohol trinke, war ihnen nicht aufgefallen. Es ging um diese Reise, die eine Belohnung für die fertiggestellten Projekte und ein Ansporn für die nächsten sein sollte.«

»Na ja, das ist doch noch normal?« Fragte Lisa.

»Nun, der Projektleiter sagte dann aber, dass ich unter diesen Umständen eigentlich nicht hätte mitfahren dürfen, weil bei mir ja nicht alles glatt laufen würde, woraufhin unser Chef meinte, es käme darauf an, wie ich mich geben würde. Ich wusste in diesem Augenblick nicht genau, was er damit meinen könnte. Heute Abend schien er aber, angesichts des Endes der Reise übermorgen, die Sache etwas beschleunigen zu wollen und wurde zudringlich.«

»Au weia. Du hast ihn in den Boden gestampft?«

»Er hatte mir an den Po gefasst und ich habe ihm eine geklebt. Danach habe ich ihm meine Meinung gesagt und hinzugefügt, ich würde mich beim Rechtsanwalt erkundigen, wie ich in solch einem Fall vorzugehen hätte. Zum Glück habe ich jede Menge Zeugen.« Lisa nahm Anna in den Arm und tröstete sie.

»Der Idiot hat noch nachgemault, ich sei entlassen und zwar fristlos.«

»Du hast auf jeden Fall richtig gehandelt. Lass dir diesen Mist nicht gefallen. Aber es war gut, gleich herzukommen.« Anna sah etwas verzweifelt aus und fragte noch unsicher nach, ob Lisa ihre Reaktion wirklich richtig fand.

»Sieh mal, wenn Du mir nicht oft genug mit Rat und Tat zur Seite gestanden hättest, was wäre aus mir dann vielleicht geworden? Du bist jetzt nur verunsichert, weil Deine Reaktion diesmal richtige Konsequenzen hat. Auch finanzielle. Aber was haben die Leute mit Dir in der letzten Zeit gemacht? Wo ist die kämpferische Anna? Was ist mit deiner Entschlossenheit und dem unbeirrbaren Glauben an dich?« Lisa hatte sich in Fahrt geredet. »Haben sie Dir jetzt schon so oft angebliche Fehler vorgeworfen und dich nun auch noch unter der Gürtellinie angegriffen, dass Du zweifelst? Nein, meine Liebe, mit uns nicht, hörst Du?« Anna lächelte und trank an ihrem Tee. Sie blickte Lisa tief in die Augen und spürte die Kraft, die Lisa verströmte. Beide saßen einige Zeit da und kraulten die Hunde. Lisa nahm das Wort als erste wieder auf.

»Macht es Dir nichts aus, dass Du nun von zwei Hunden umgeben bist?« Anna zog ihre Hand kurz von Lucy weg, überlegte, lachte und kraulte sie weiter.

»Na wenn es mir schon gar nicht mehr auffällt, was ich hier kraule, scheine ich mich ja manchmal wirklich ziemlich zickig angestellt zu haben.« Bei einer Bewegung verzog

Anna das Gesicht vor Schmerz und Lisa fragte besorgt, was denn sei.

»Skifahren ist manchmal schmerzhaft,« erwiderte Anna leise und hielt sich die Schulter. »Manche Männer meinen wohl sich hervortun zu müssen, indem sie für sie lustige Unfälle inszenieren,« seufzte sie. Lisa holte eine Salbe und zog Anna den Pulli aus, um die Prellung vorsichtig einzucremen. »Ich habe die Skier dort stehen lassen. Ich fahre kein Ski mehr. Ich hasse die Berge. Ich hasse Männer und meinen Job,« fuhr Anna fort.

»Na den hast Du ja jetzt nicht mehr. Das andere kann bleiben, wo es eben gerade ist und wir kümmern uns nicht mehr darum.« Entgegnete Lisa und zog Anna dabei den Pulli wieder an. »So, meine Süße. Wir lassen uns den Abend nicht verderben. Jetzt gibt es etwas Quarkspeise und einen Himbeertee.« Während die beiden aßen und ihren Tee genossen, kam Anna nochmal auf Lisas Traum zu sprechen.

»Es ist wirklich verwunderlich,« antwortete Lisa. »Ich habe die Umgebung so genossen, ich weiß gar nicht wo das gewesen ist, es war wunderschön. Und dann der Golden Retriever neben mir.«

»Was sind das eigentlich für Zettel? Darf ich die mal lesen?« Fragte Anna, nahm die beschriebenen Blätter und las. Lisa blickte ihre Freundin an und dachte sich, wie schön Anna sein konnte, wenn sie ruhig und in Gedanken versunken ihren Kopf arbeiten lies. Ihre Gesichtszüge waren vollkommen entspannt und ihre Lippen waren dann nicht schmal und aufeinandergepresst. Lisa nahm Anna von der Seite in den Arm und gab ihr einen zarten Kuss auf die Wange. Anna lächelte und erwiderte die Berührung mit einer Umarmung.

»Liebes,« sagte sie über Lisas Schulter hinweg. »Du bringst mich durcheinander.«

»Oh, entschuldige«, erwiderte Lisa und löste die Umarmung. Anna legte die Blätter beiseite und nahm Lisas Hände. Dann sah sie sie ernst und trotzdem liebevoll an. »Nein, Liebes. Das hat mich noch nie durcheinander gebracht. Es sind Deine Gedanken und Deine Entschlossenheit, etwas mit Deinem Leben anzufangen. Auf der Herfahrt war ich fast verzweifelt, wollte um meinen Status im Job kämpfen und mit noch mehr Energie und fast etwas trotzig weiter in der gleichen Scheiße rühren.« Lisa hob die Augenbrauen. Es waren Tränen in Annas Augen zu sehen. »Und nun habe ich nach ein paar Worten von Dir und Deinen Stichworten ein ganz anderes Bild vor Augen,« Annas Stimme wurde leiser. »Ich habe wie eine Bekloppte um einen Status gekämpft, der mir auf einmal nichts mehr wert ist. Du nimmst mich in den Arm und meine Ruhe ist wieder da. Die Umgebung, die Du hier schaffst ist etwas absonderlich aber sehr kuschelig und angenehm. Die Gedanken, die Du hast, sind einfach aber dafür umso einleuchtender.« Anna strich sanft über Lisas Arm. »Darf ich mich Dir anschließen auf der Suche auch nach meinem Lebensinhalt?« Lisa nickte und drückte Anna an sich.

»Ich würde mich sehr freuen, Anna.«

Eine ganze Weile saßen beide so da und wunderten sich über ihre eigenen Gedanken. In beiden Köpfen ging ein Feuerwerk der Gedanken, Ideen, Wenn und Aber los, aber der gegenseitige Halt gab ihnen Zuversicht und Kraft. »Entschuldige meine Unkenntnis,« unterbrach Anna die Stille, »aber Du weißt, ich bin eine Informatikerin. Was ist denn eigentlich ein Golden Retriever?« Lisa lächelte, deutete mit den Augen auf Lucy.

»Seit geraumer Zeit streichelst Du einen.« Sie holte tief Luft. »Ich habe nachgedacht, was ich denn eigentlich kann.

Und kam auf nicht sehr viel. Haushalt führen, Kinder erziehen und mit einem Hund spielen.« Anna protestierte mit einem Blick.

»Nein, Lisa. Du führst den Haushalt spielerisch, wo andere schon verzweifeln und jammern. Du führst die Kinder sicher in ihre Zukunft und erziehst Deinen Hund perfekt.« Eine ganze Weile saßen beide nur da und drehten ihre Teetassen in den Händen. Beide horchten in die Stille hinein und sahen sich plötzlich an. Annas Blick traf Lisas Augen, die sich in Annas Iris verlor. Auf dieser Iris liefen Hunde, das weiße in Annas Augen verschwamm zu einem Meer und das schwarze spiegelte eine Kerze im Raum wieder, fast, wie ein Sonnenuntergang.

»Was ist mit Dir, Lisa?«

»Anna, Du glaubst nicht, welche Idee ich gerade hatte,« entgegnete Lisa.

»Ich drehe mir noch eine Zigarette und Du erzählst sie mir, ja?« Nach einer ganzen Weile schliefen beide Frauen mit je einem Bettwärmer von einem halben Zentner im Arm ein. Die Tage vergingen schnell. Lisa absolvierte ihren Trainingsplan. Sie verbrachte viel Zeit mit den Hunden und bemerkte mit einem Mal, dass sie unbewusst einen Übungsplan einhielt, der schneller Fortschritte zeigte, als sie es erwartet hatte. Lucy begann zu folgen und immer mehr auch Vertrauen zu gewinnen. Zwei Nächte hatte sie noch in der Küche geschlafen, aber nachdem die beiden Hunde sehr ruhig und ohne Zwischenfälle auf ihren Decken verbracht hatten, war sie wieder in ihr Schlafzimmer umgezogen. Anna hatte sich ihr ab und zu angeschlossen, wenn sie mit den Hunden spazieren ging. Abends saßen beide in der Küche und erzählten, als ob sie sich Jahre nicht gesehen hätten. So auch an diesem Abend. Morgen würden die Kinder wieder kommen, die Ferien waren vorbei und

Anna fragte, wann denn Kleinschmidts Lucy abholen würden.

»Himmel, die habe ich ja total vergessen!« Entfuhr es Lisa. »Sie haben gesagt, nach Silvester würden sie Lucy abholen. Ich glaube am 3. wollten sie kommen. Ich rufe mal an.« Lisa nahm das Telefon und wählte die Nummer, sagte aber nichts und Anna registrierte Lisas verwirrtes Gesicht. »Ein älteres Ehepaar ist doch nicht so unzuverlässig oder vergesslich,« dachte Lisa laut nach.

»Nein, normalerweise nicht,« bestätigte Anna. »Jedenfalls nicht so wie Du, warum ist es Dir eigentlich nicht aufgefallen?«

»Weißt Du, ich glaube, ich habe mich in diesen Tagen fallen lassen und jedes Gefühl für Raum und Zeit verloren,« erwiderte Lisa. »Du warst ja in den letzten drei Tagen auch kaum zu sehen. Was hast Du eigentlich so intensiv gelesen?« Anna zögerte kurz, aber nahm Lisas fürsorglichen Blick wahr.

»Ich habe mich in Arbeitsrecht vertieft, meine Bekannte kontaktiert, die auch Deine Scheidung macht und einen Schlachtplan entworfen. Dann habe ich einen Diätplan aufgestellt und morgen laufe ich mit Dir.«

»Wenn Du etwas anpackst, dann gründlich,« sinnierte Lisa und spielte mit dem Telefonhörer in der Hand.

»Lisa, das ist es was ich an Dir schätze. Du bist die gründliche bei uns.« Lisa blickte Anna tief in die Augen und sagte ganz sanft: »Ich habe mir bei Dir einiges abgeschaut. Können wir uns darauf einigen? Was machen wir denn jetzt?«

»Hast Du noch andere Telefonnummern von Kleinschmidts?« Fragte Anna.

»Nein, nur die eine. Soweit ich weiß, hatte Frau Kleinschmidt mal erzählt es gäbe einen Sohn in Amerika.

Aber mehr ist mir nicht bekannt.« Lisa blickte Lucy an und wählte eine Nummer im Telefon.

»Guten Abend, hier ist Norman. Ich habe eine Frage und ein Problem. Können Sie mir helfen? Es ist nicht dringend.« Anna blickte verdutzt und interessiert. Lisa stellte den Hörer auf Laut, damit sie das Gespräch auch mitbekam.

»Ich werde es versuchen, so gut ich kann.« Antwortete eine männliche Stimme. Lisa berichtete so genau wie möglich, ohne zu sehr die Fakten auszuschmücken.

»Kommen sie bitte auf's Revier, ich kann ihnen am Telefon leider keine Auskunft geben.«

Anna verstand, wen Lisa angerufen hatte und holte Lucys Leine, ihre Jacke und den Autoschlüssel. Lisa fragte noch nach Öffnungszeiten und Anna stand kopfschüttelnd in der Tür.

»Du rufst die Polizei an und fragst nach Öffnungszeiten? Oh, bitte, Einbrüche von 8:30 Uhr bis 11:00 Uhr, Samstags keine Sprechstunde. Komm Du Dusselinchen.«

Lisa verabschiedete sich, legte auf und blickte ernst. Beide gingen mit Lucy zum Wagen und fuhren los. Während der schweigsamen Fahrt gingen Lisa einige Gedanken durch den Kopf, die sie aber nicht aussprach. Auf der Polizeistation angekommen, empfing sie ein freundlich blickender Beamter mit einem Kaiser Wilhelm Schnauzbart. Auf dem Tresen stand ein Schild mit seinem Namen, Hauptwachtmeister Huber. Wie bayerisch, dachte Lisa und blickte verwirrt drein. Sie wurde mit Anna an einen Tisch gebeten und beide nahmen Platz. Herr Huber winkte seinem Kollegen, der herbei kam und ein paar Blätter in der Hand hielt.

»Sie sind also die Tochter von Familie Kleinschmidt?« Begann er.

»Nein, sie missverstehen das. Ich bin nur die Nachbarin, die auf den Hund aufpasst, das ist meine Freundin, die bei mir wohnt. Äh bei der ich wohne, na, wir wohnen eben zusammen und Kleinschmidts haben den Hund nicht abgeholt. Sie wollten schon vor drei Tagen wieder zurück sein.« Erläuterte Lisa. Herr Huber blickte zu seinem Kollegen, der berichtete, er habe ein Telefax aus Innsbruck erhalten, woraufhin er das Blatt nahm und studierte.

»Frau Norman,« begann Herr Huber mit leiser Stimme. »Familie Kleinschmidt ist vor drei Tagen in Innsbruck in einen Autounfall verwickelt worden.« Er sah nochmals ernst auf das Blatt und blickte Lisa und Anna abwechselnd an. »Ich gebe ihnen eine Telefonnummer. Dort können sie den Hund abgeben.« Lisa blickte zu Lucy hinunter und verdrückte sich eine Träne. Anna schien die Situation deutlicher klären zu wollen.

»Sie meinen, Herr Wachtmeister, Familie Kleinschmidt wird den Hund nicht mehr abholen? Ist es das, was sie versuchen uns zu sagen?«

»Ja, Frau ...« Er wartete auf Annas Antwort.

»Dithfurt,« ergänzte sie den Satz. Anna blickte ihre Freundin an, legte ihre Hand auf Lisas Schulter und holte tief Luft.

»Kann es sein, dass dieser Hund somit Herrenlos ist?« Herr Huber nickte und sah seinen Kollegen an. »Aber nicht mehr lange,« fuhr sie fort und strich Lucy über den Kopf. »Komm meine Kleine, wir gehen nach Hause.« Lisa umarmte Anna kurz, wischte sich die Tränen aus den Augen und lächelte sie an: »Anna, ich dachte Du hättest Respekt vor Hunden?«

»Den habe ich schon verloren, als mir dieses Fellbündel in die Ohren geschnarcht hat,« stellte Anna fest. »Ich lerne gerade, Lisa. Und das macht mir Spaß!«

Das Vorhaben

Lisa hatte sich nach ihrem Morgenlauf ein Frühstück gemacht und den Hunden ihr Fressen hingestellt. Abweichend von allen Empfehlungen, große Hunde würden nur einmal am Tag gefüttert, versprach sich Lisa mehr Ruhe und Gelassenheit den Tag über, sie zweimal zu füttern. Es schien zu funktionieren. Lucy hatte sich eingelebt und Jonas und Kathi fanden es umwerfend, mit zwei Hunden spazieren zu gehen. Anna kam in die Küche und Lisa bemerkte ihr ernstes Gesicht. »Guten Morgen, Anna,« versuchte sie mit sanfter Stimme, ihre Freundin freundlich zu stimmen.

»Guten Morgen, Lisa. Kann ich mir einen Kaffee von Dir nehmen?«

»Lieber nicht, ich mache Dir schnell einen Tee, der bringt Dich nicht so auf Trab. Hast Du heute Großkampftag?«

»Ja und ich bin ehrlich gesagt ängstlich!«

»Anna,« probierte Lisa immer mehr Ruhe auszustrahlen. »Entspanne Dich jetzt, das ist das Wichtigste. Dein Schlachtplan wird funktionieren.« Anna schien immer nervöser zu werden. Lisa hatte noch eine Idee und nahm ihre Freundin in den Arm. »Süße, Du wirst mich jetzt ganz fest drücken und dann ist Deine Anspannung raus, ok?«

»Wenn Männer nur mal solche Ideen hätten, würde ich mich ja vielleicht mal wieder auf einen einlassen,« nahm Anna den Vorschlag an und erwiderte Lisas Umarmung. Beide setzten sich und Anna begann, ihre Gedanken zu sortieren.

»So, lass mich mal nachdenken. Habe ich alles?«

»Was brauchst Du denn?« Fragte Lisa.

»Einen klaren Kopf und meine Akten,« zählte Anna auf.

»Die Akten hast Du neben Dir und einen klaren Kopf hast

Du bestimmt auch gleich. Mach Dich nicht selbst verrückt. Der Gerichtstermin ist doch etwas, worauf Du Dich gefreut hast.« Lisa versuchte, durch eine verspielte Stimme, Anna in eine andere Stimmung zu versetzen.

»Aggressiv kannst Du am wenigsten klar denken.«

»Da hast Du recht. Ursula, unsere Anwältin ist schon in Vorfreude richtig auf Touren gekommen. Arbeitsrecht ist zwar nicht ihr Steckenpferd, aber gestern hielt sie mir ein Plädoyer, das fernsehreif war.« Annas Ton sank merklich in beruhigte Gewässer und sie genoss ihren Tee. »Kirsch-Banane, hmmmm,« machte sie und zwinkerte Lisa zu. Sie nahm ihre Hand und sagte bestimmt mit festem Ton: »Wenn alles funktioniert, können wir loslegen, Liebes.« Lisa blickte verträumt auf ein Bild an der Wand. Sie hatte es an einem der dunklen Wintertage gemalt. Es zeigte eine Landschaft am Meer, eine Wiese im Vordergrund und mitten drauf eine Gruppe von Hunden. Viele hielten es für eine Schafherde, aber Lisas Malkünste waren mehr abstrakter Natur, außerdem fand sie die Bemerkungen von Annas Freundinnen taktlos aber irgendwie auch verständlich. Für sie waren es eben Hunde.

»Lisa,« fragte Anna in die Stille. »Warum bist Du eigentlich kein Mann?« Lisa lächelte, verstand Annas Anspielung und fühlte sich geschmeichelt.

»Weil ich dann Stefan oder Rüdiger heißen würde. Und jetzt mach' dass Du los kommst. Schlag Deine Schlacht und komm nicht ohne Siegesmeldung nach Hause.« Entgegnete Lisa. Sie fuhr mit leiser Stimme fort: »Ich wünsche Dir viel Erfolg, Anna.« Sie gab ihrer Freundin einen Stups in die Rippen.

Als Lisa nach Ihrer Arbeit in den Supermarkt fuhr, um noch Einkäufe zu tätigen, begegnete Sie dort an der Kasse Stefan.

»Lisa! Schön Dich zu sehen,« begann er. Lisa hörte diesen schleimigen Unterton, den Männer manchmal an den Tag legen, wenn ihr Hormonhaushalt nicht im Gleichgewicht zu sein scheint und blieb eher trocken. »Wenn wir schon gemeinsam einkaufen, könnten wir doch auch mal einen Kaffee trinken gehen,« schleimte er weiter. Lisa starrte ihn mit ernster Miene an, was ihn zu noch mehr Übermut antrieb. »Du weißt doch, für Dich könnte ich glatt alles vergessen.«

»Aber ich wegen dir nicht,« entgegnete Lisa und wünschte ihm einen schönen Tag, schnappte sich ihren Einkauf und drehte sich mit einem kämpferischen Blick um. - Was glaubt der eigentlich? - dachte sie bei sich und fuhr nach Hause. Dort angekommen, lief sie in der Küche einem schwatzenden Haufen fröhlicher Frauen in die Arme. Und einem Mann und zwei Hunden, die sich in der absoluten Unterzahl ziemlich still und fast demutsvoll auf und unter der Eckbank verkrümelten.

»Happy Birthday«, jubelten Anna, Ursula und Kathi. »Wir dachten, eine kleine Überraschung wäre jetzt angebracht,« sprudelte Anna hervor. Lisa freute sich und begrüßte Ursula und Kathi, nahm Anna kurz in den Arm und blickte zu Jonas.

»Hey, mein Großer, was ist denn los mit Dir?« Versuchte sie, ihm etwas zu entlocken.

»Ach nichts, Mama. Ist schon gut. Alles liebe zum Geburtstag.« Er versuchte zu lächeln, was ihm aber deutlich missglückte.

»Kannst Du mir kurz helfen, Jonas? Ich habe noch Einkäufe im Wagen,« lotste Lisa ihren geknickten Sohn aus der Ecke. Draußen am Wagen blickte sie Jonas tief in die Augen und erkannte des Übels Wurzel. »Sarah?« Fragte sie kurz. Jonas nickte, nahm die Getränke und ging ins Haus.

Lisa sperrte den Wagen ab, überlegte kurz, lächelte verschmitzt und nahm das Hundefutter. Nach einer kleinen Weile kam sie wieder in die Küche und sah, dass das Essen bereits fast fertig war. Fünf Gedecke zählte sie und holte noch ein weiteres hinzu. Anna fragte, für wen das sechste Gedeck denn sei, aber Lisa antwortete mit einem wissenden Blick und blinzelte Jonas an. »So, jetzt hole ich schnell noch ein paar Kerzen und dann können wir ...,« gab sie der Runde bekannt, als es klingelte. Jonas' Augen machten einen Luftsprung und er sauste zur Tür. Lisa huschte an der Eingangstür vorbei und sah zwei Teenager eng umschlungen an der Tür stehen. Sie bemühte sich, nichts zu sehen, klapperte laut mit den Kerzenständern und lief in die Küche.

»Jonas, Sarah! Kommt ihr zwei bitte? Wir wollen anfangen!« Lisa bemühte sich, nicht zu sehr zu lächeln, konnte sich aber nicht mehr bremsen und strahlte wie ein Honigkuchenpferd.

»Du bist eine ganz ...« Begann Anna, aber Ursula fiel ihr ins Wort »tolle Mutter. Finde ich. Jawohl. Fürsorglich und sehr bemüht.« Lisa lachte laut und hob das Glas. »Auf euch, wie war eigentlich euer Gefecht?«

Sarah betrachtete die drei Frauen, die zwei Hunde und Kathi. Schließlich stellte sie an Jonas gerichtet fest: »Du hast ja einen tollen Haufen hier zu Hause. Das finde ich klasse! Und Deine Mutter ist bei der Bundeswehr?«

»Nein,« antwortete der verdutzte Jonas, »wie kommst Du denn da drauf?«

»Na ja, Deine Mutter sagte gerade Gefecht und als sie bei mir anrief, vorhin, hat mein Vater gesagt, der Feldwebel von der Weiberkaserne hat angerufen. Ich sei zum Abendessen eingeladen. Das wäre ein Befehl.« Alle drei Frauen blickten sich an und lachten laut los. Anna fragte in die Runde, wieso denn Sarahs Vater darauf käme und Lisa musste noch mehr lachen.

»Weißt Du Anna, was Sarahs Vater beruflich macht? Er ist Filialleiter bei der Bank im Nachbardorf.« Anna konnte sich angesichts Sarahs Blick nur schwer zurückhalten und musste sich ablenken. Sie kraulte Lucy und kicherte in sich hinein. Lisa wollte ihre Frage noch einmal stellen, aber Ursula kam ihr zuvor.

»Melde gehorsamst, Frau Oberkommandeur, Feind gestellt und vernichtend geschlagen!« Anna strahlte und erläuterte Lisa einige Details des Prozesses. Sie berichtete vom Versuch ihres Chefs, es als Zudringlichkeit Annas auszulegen und einer falschen Zeugenaussage des Projektleiters.

»Die Kündigung wurde als unwirksam betrachtet und der Vertrag aufgehoben, nachdem Anna nicht auf Wiedereinstellung bestand. Dann hat der Richter die Abfindung und eine Entschädigung festgelegt.« Ursula ergänzte, dass die falsche Zeugenaussage mit gemeinnütziger Arbeit bestraft wurde. Lisa musste lachen: »Das ging ja ziemlich in die Hose für die beiden. Wie hoch ist denn die Entschädigung? Kannst Du davon ein bisschen leben?«

»Neben der Abfindung von 6 Monatsgehältern hat der Richter Anna noch eine Entschädigung von 4 Monatsgehältern dazu gebilligt,« fügte sie sichtlich triumphierend hinzu. Lisa rechnete im Kopf und rollte die Augen. Anna drehte sich zu ihrer Freundin.

»Und damit, Lisa, werden wir unseren Traum wahr werden lassen!«

»Darf ich indiskret fragen, worüber ihr sprecht?« Fragte Ursula vorsichtig.

Lisa druckste etwas herum. Einerseits waren Kathi und Jonas anwesend und sie waren noch nicht in Lisas und Annas Träume eingeweiht, andererseits war es etwas nicht ganz Konkretes, was man so noch nicht erzählen konnte. Jedenfalls nicht schlüssig. Ursula bemerkte Lisas Zögern. »Na, vielleicht sollte man da nicht so in euch dringen,« nahm sie Lisa die Antwort aus dem Munde.

Anna sah Kathi an, die beide Ohren auf Empfang gestellt hatte und neugierig schaute. »Könntest Du Dir vorstellen, Kathi, auch an einem anderen Ort zu reiten? Ein Ort, wo Du noch viel mehr Platz hättest? Vielleicht sogar soviel Platz ...« Weiter kam sie nicht.

»Wollt ihr wegziehen?« Platzte Jonas heraus.

»Also Dein Takt in allen Ehren, Anna, aber so ganz diplomatisch war das ja nun nicht,« Lisa wollte es langsamer herauslassen, aber nun war die Kuh schon auf dem Eis. »Kathi und Jonas. Ich habe doch ein Bild gemalt, wisst ihr noch?«

»Das, was an der Wand hängt?« Fragte Kathi.

»Ja, genau das. Als es fast fertig war, habt ihr mich doch gefragt, was ich dabei denke und ich habe euch erzählt, es ist ein Platz, an dem ich gerne leben würde.« Lisa holte Luft und fand diese Einführung schon besser. Sie nahm Jonas Hand und sah Kathi tief in die Augen. »Es wird überhaupt nichts überstürzt. Nicht Morgen und auch nicht Übermorgen. Aber Anna und ich würden uns diesen Traum gerne erfüllen. Wir wissen nicht wann und auch nicht wo.« Lisas Blick ging zu Sarah. »Bitte geratet jetzt nicht in Panik, OK?« Sarah schüttelte den Kopf.

»Nein, aber ich möchte nicht, dass Jonas wegzieht.«

»Die zeitlichen Dimensionen sind andere, Sarah,« versuchte Anna, den Effekt ihrer Aussage abzuschwächen.

»Anna, Du solltest auf keinen Fall ein Jobangebot im

Auswärtigen Amt annehmen,« lachte Ursula. »Entweder du platzt heraus oder Du verwirrst Deinen Gesprächspartner,« fügte sie augenzwinkernd hinzu. Die Stimmung sank und Lisa versuchte, ihren Kindern den Schrecken des Gedankens zu nehmen, ihre Freunde zu verlieren.

»Was Anna meint und damit hat sie schon recht ist, dass wir in so großen Zeiträumen denken, dass sich viele Dinge noch ändern können. Ihr Teenies trefft ja nicht gerade Entscheidungen, die das ganze Leben andauern. Nicht mal wir Erwachsene können das und wenn wir das versuchen, kann es schief laufen wie ihr an Papa und mir gesehen habt.« Lisa holte Luft. »Wisst Ihr, jetzt geht es mir viel besser, da ihr unsere Träume nun wisst. Aber nochmal, keine Panik. Anna und ich brauchen noch viel Zeit dazu.« Kathrin entschuldigte sich mit einem »ich geh' dann mal etwas Fernsehen schauen« und Sarah und Jonas verzogen sich in sein Zimmer. Bevor die beiden aus der Küche verschwunden waren, konnte Lisa aber Sarahs Blick deuten.

»Jonas, geh' bitte schon mal vor, ich möchte Sarah noch etwas sagen.« Sie nahm ihre Hand und sah ihr tief in die Augen. »Ich weiß, wie Du fühlst, Sarah,« begann Lisa. »Keine Angst, Frau Norman, ich weiß doch auch nicht, wie lange wir zusammen sind. Ich mag Jonas sehr gerne, aber ob ich ihn heiraten will, das kann ich doch heute nicht wissen.«

Lisa blickte erstaunt und runzelte die Augenbrauen. Sie nahm Sarahs Hand. »Wenn Du nochmal Frau Norman sagst, bekommst Du Ärger. Ich heiße Lisa. Und deine Ansicht gefällt mir. Jetzt nimm Jonas in den Arm und spiel mal Diplomatin.« Nachdem Sarah zu Jonas gegangen war und Lisa die Tür zugehen hörte, seufzte sie tief. »So, jetzt ist es raus. Danke euch beiden. Ich wusste nicht recht, wie ich es den Kindern sagen sollte. Ich habe es mit mir herum getragen und mich schlecht gefühlt. Einerseits kann man andere Menschen nicht mit seinen wagen Träumen verunsichern, andererseits muss es ja mal konkret werden, wenn man diesen Traum dann realisieren möchte.« Lisa setzte sich zu Anna und lehnte ihren Kopf an ihre Schulter. »Mist, ist das manchmal grausam.« Anna lächelte verlegen und strich Lisa durch die Haare.

»Du hast das prima gemacht, Liebes. Nun wird aber gefeiert, ja?«

Am nächsten Morgen saß eine verkaterte Lisa neben Lucy und Rob auf dem Boden. Den Frühstückstisch hatte sie schon gedeckt, Kaffee gekocht, aber keine rechte Lust zu essen. Zu viel Alkohol und Nikotin. Eine üble Mischung für Lisa. Ihr Kopf wusste nicht, ob er schmerzen oder sich drehen sollte. Sie nahm zwei Tabletten und besann sich viel zu trinken. »Hey ihr zwei,« meinte sie schließlich zu den beiden Hunden. »Wollt ihr etwas raus?« Lucy hatte »raus« schon gut gelernt und holte die Leine. Rob saß mit gespitzten Ohren vor Lisa und stupste sie. »Ja, ist ja gut Rob. Ich raffe mich auf.« Sie schlüpfte in mehrere Schichten Kleidung und stiefelte schließlich mit den beiden über die Wiese hinter dem Haus. Die frische Luft belebte ihre Geister langsam wieder und die zwei Tabletten begannen zu wirken. Sie hatte selten eine so lustige Geburtstagsfeier gehabt, wie gestern, dachte sie bei sich. Ursula war ziemlich angetrunken gewesen und Anna hatte sich mit Witzen über Männer übertroffen. Die drei hatten sich gekugelt vor lachen und schließlich gesellte sich Sarah auch noch zu ihnen. Jonas war eingeschlafen und Sarah war es alleine im Zimmer zu langweilig. Als sie kurz nach Mitternacht nach Hause musste, hatte Lisa sie zum Frühstück eingeladen. Auf dem Weg zurück zum Haus sah

Lisa Sarah bereits die Auffahrt heraufkommen. Lisa wollte die anderen nicht stören und sauste ums Haus.

»Guten Morgen, Sarah, bitte nicht klingeln, die anderen schlafen noch.«

»Guten Morgen Frau Norman, äh Lisa. Entschuldigung, ist noch etwas ungewohnt,« flüsterte Sarah und wedelte mit einer Papiertüte vom Bäcker.

»Hat mein Vater mitgebracht. Mit einem schönen Gruß.«

»Dein Vater?« Fragte Lisa erstaunt nach. »Wow, das ist ja nett von ihm. Ich habe allem Anschein nach doch nicht alles falsch gemacht?« Während die beiden ums Haus gingen, erklärte Sarah:

»Immer wenn ich von Ihnen, äh von Dir spreche, hat er so einen Blick, Du weißt schon.« Lisa lächelte und winkte ab.

»Er ist verheiratet, da sollte er sich diese Blicke lieber für Deine Mutter aufheben.« Die beiden nahmen die Hunde mit ins Haus und setzten sich an den Frühstückstisch. Sarah fuhr mit ihren Gedanken fort.

»Na ja, das ist wahrscheinlich nicht mehr toll zwischen den beiden. Das war ja auch der Grund, warum Jonas und ich..., also wir zwei uns öfter getroffen haben. Ich hatte ihn in der Schule gefragt, wie es ihm geht. Nach der Trennung und so.« Lisa lauschte aufmerksam Sarahs Ausführungen und striegelte Lucy.

»Rob würde auch eine Fellpflege genießen, magst Du?« Sie hielt die andere Bürste Sarah entgegen.

»Ich kann das nicht so gut. Lieber nicht.«

»Hey, Sarah. Du kannst das. Mach' einfach, was ich auch mache und das ganz sanft und nicht gegen den Strich. Du warst stehen geblieben bei - Trennung und so -.« Sarah kniete sich vor Rob und begann ihn zu bürsten.

»Während der letzten Monate stritten meine Eltern so oft wie nie zuvor. Papa wurde immer wütender auf Mama und sie immer zickiger. Ich versuchte mit ihr zu reden, aber das endete oft im Streit. Sie meint dann, ich würde sie ausfragen und das Papa erzählen. Echt beschissen.«

»Und wie ist der Status jetzt?« Erkundigte sich Lisa.

»Na ja, konnten Sie mitten im Streit sagen, wie es aussieht?«

»Lisa, bitte sag Lisa und Du,« korrigierte sie Sarah.

»Warum fällt es Dir so schwer mich zu duzen?«

»Weil,« Sarah wirkte etwas gehemmt und schaute nur auf Rob. »Weil,« sie holte abermals tief Luft und schließlich platzte es heraus: »weil ich Dich cool finde. Total abgefahren und cool. Ich hab' gesehen, wie Du Deinem Mann eine gescheuert hast. Der hat blöd aus der Wäsche geguckt.« Lisa befand die Fellpflege für Lucy und Rob für beendet und legte beide Bürsten weg.

»Magst Du Kaffee, Sarah?«

»Ja, gerne.«

»Milch, Zucker?«

»Beides.«

»Ich muss jetzt etwas essen,« sagte Lisa verlegen und öffnete die Papiertüte. »Croissants, ich liebe Croissants zum Frühstück. Dein Papi hat etwas bei mir gut, sag ihm das bitte.« Sarah blickte erfreut darüber zu Lisa, aber wartete immer noch auf eine Antwort auf ihren Gedanken. Lisa bemerkte diesen Blick und tauchte ihr Croissant in ihre Tasse.

»Es ist nicht cool, jemanden zu schlagen.«

»Aus Notwehr aber schon,« entgegnete Sarah.

Lisa hob die Augenbrauen. »Jonas hat Dir sehr viel erzählt.«

»Ja, aber bitte sei ihm nicht böse, ich habe sehr gebohrt. Er wollte es nicht sagen.«

»Mittlerweile glaube ich, es ist ok, ich habe auch kein Problem damit. Wirklich nicht. Mir ist es lieber, wenn Menschen die Wahrheit wissen, als dass sie Spekulationen verbreiten.« Lisa drehte sich eine Zigarette. »Ich finde es also kurz gesagt, nicht toll, jemanden zu schlagen. Aber wenn man mich angreift, muss ich mich wehren. Jonas war aber ganz toll. Er ist dazwischen gegangen und hat mich beschützt, das war klasse von ihm.«

»Davon hat er gar nichts erzählt,« erwiderte Sarah.

Lisa sah stolz auf den Stuhl, auf dem Jonas sonst immer sitzt, der im Augenblick leer war. »Er hat sich vor mich gestellt. Vor seinen Vater. Ich glaube, die beiden haben früher oder später noch etwas zu bereden. Bisher ist Waffenstillstand.« Die beiden schwiegen einen Augenblick. »Du kannst Dinge und Situationen nicht genau vorhersehen, Sarah.« Lisa versuchte eine Brücke in die ungewisse Entwicklung der Dinge in Sarahs Zukunft zu schlagen. »Wichtig ist, dass Du weißt, was Du möchtest und in Ruhe darüber nachdenkst. Das ist noch früh für Dich und wahrscheinlich nicht einfach. Wenn Du aber zu Deiner Meinung stehst und für Deine Überzeugungen kämpfst, wird es besser.«

Sarah kam zu Lisa auf die Eckbank und setzte sich ganz nah neben sie. »Darf ich Dich manchmal um Rat fragen?« Lisa legte ihren Arm um sie und flüsterte: »Wann immer Du mich brauchst, ich bin hier, OK?« Nach einem langen Moment stand Sarah auf und ging Jonas aufwecken. Auf dem Weg nach oben begegnete sie Ursula und Anna. Die beiden waren alles andere als wach und schlurften mit einem »Guten Morgen« zu Lisa in die Küche.

»Na, ihr beiden? Gut geschlafen?«

»Ursula schnarcht,« befand Anna in zerknautschtem Ton. »Gar nicht wahr, Du sägst wie ein Holzfäller,« entgegnete diese.

»Also, wenn ihr mich fragt, gebt ihr beide euch nichts. Klingt fast ähnlich. Aber was haltet ihr von einem Kaffee und Croissants von Sarahs Vater?« Mischte sich Lisa ein. Sie schob Anna und Ursula Orangensaft und Kopfschmerztabletten hin.

»Hier Ursula, hat mir auch geholfen.«

»Könntet ihr mich bitte Uschi nennen? Das wäre mir lieber. Ursula klingt wie eine 50-jährige, uralte Dame und ich fühle mich gerade mal wie 60.«

»Dabei siehst Du doch höchstens wie 70 aus,« frotzelte Anna.

»Geh heute bloß nicht auf den Golfplatz. Sonst puttet jemand noch einen Ball in Deine Augenringe, liebe Anna,« gab Uschi zurück.

»Hey ihr beiden. Schluss jetzt mit eurem Gehacke. Ihr seht beide reichlich zerknittert, aber noch lange nicht wie Omas aus.« Alle Drei kauten an Croissants und Brötchen, als Kathi auftauchte.

»Guten Morgen,« trällerte sie in die Runde, schnappte sich ein Brötchen, trank Lisas Saft aus und sauste mit einem »ich muss zu den Pferden« zur Tür hinaus. Die drei Frauen schauten sich an und kicherten los.

»Bei dir ist es wirklich locker Lisa,« meinte Uschi trocken. Anna grinste, drehte sich eine Zigarette und öffnete das Fenster.

»Uschi,« begann Lisa. »Ich habe Bammel vor nächster Woche. Ich war noch nie vor Gericht und weiß auf einmal gar nicht mehr, ob ich alles richtig gemacht habe.«

»Ach wegen Deiner Scheidung meinst Du? Ich habe alles fertig. Sieh mal, Die Trennungsvereinbarung ist unterschrieben, alle Unterlagen wegen der Rente sind da und es gibt keinen Streitpunkt zwischen euch. Da brauchst Du Dir wirklich keine Sorgen zu machen.«

»Es ist wegen den Umständen, Uschi,« mischte sich Anna ein. »Lisa hat Angst, wegen des Richters und der Förmlichkeiten.«

»Ach so,« lachte Uschi. »Na gut, etwas schick anziehen wäre schon angebracht, aber ansonsten habe ich erfahren, dass es eine Richterin ist, ungefähr mein Alter...«

»So alt, die müsste doch schon im Ruhestand sein!« warf Anna dazwischen. Uschi kniff sie in die Seite.

»Weil ich fünf Jahre älter bin als ihr, meint ihr Kindervolk wohl, ich ließe mich ärgern?« Alle drei lachten.

»Das beruhigt mich dann doch,« meinte Lisa schließlich.

»Anna, Süße, wenn das hinter mir ist, bin ich bestimmt etwas lockerer.«

»Dann geht's ja erst los, dann drehen wir auf, Lisa.« Entgegnete Anna.

»Ich habe auch noch etwas in meinen Gehirnzellen herumgekramt, ihr beiden. Ich war doch letzten Sommer an der Ostsee. In Mecklenburg-Vorpommern. Erinnert ihr euch?« Uschi taktierte etwas herum.

»Raus mit der Sprache,« forschte Anna.

»Also gut. Damals habe ich mich wegen eines Ferienhauses umgeschaut, konnte aber nichts Freies finden. Nur einen Bauernhof habe ich gefunden. Zwei Schuppen und ein Stall. Ein kleines Häuschen und viel Platz. Ich gebe euch mal die Telefonnummer und vielleicht ist es ja noch zu verkaufen. Es waren ältere Leute, die noch nicht richtig wussten, was sie machen wollten, aber generell darüber nachdachten es abzugeben.«

»Jetzt ist Winter, eh keine gute Zeit sich etwas anzuschauen,« warf Anna dazwischen.

»Hey, Süße, sei doch nicht so negativ. Das könnte doch wirklich etwas sein und wenn Winter ist, kann man am besten überprüfen, wie es einem gefällt,« gab Lisa ruhig zurück.

»Genau, Anna. Lisa hat recht. In der Sonne sieht die übelste Bruchbude noch toll aus.« Lisa bemerkte eine Spannung zwischen Anna und Uschi.

»Was habt ihr beiden eigentlich? Ihr hackt aufeinander herum und nun schnappst Du auch noch ein, Anna.«

»Nichts,« erwiderte Anna kurz. Uschi sah etwas hilflos aus. Lisa zog die schmollende Anna zu sich und nahm sie an beide Hände. »Ich werde das komische Gefühl nicht los, dass Du eifersüchtig bist.« Anna nickte unmerklich.

»Niemand wird sich zwischen unsere Freundschaft drängen, auch Uschi nicht. Aber es tut unserer Freundschaft auch nicht gut, wenn Du Dich abgedrängt fühlst, wenn sie uns eine Telefonnummer gibt.« Lisa zögerte vor dem nächsten Satz. »Anna, wir sind kein Ehepaar. Bitte fixiere Dich nicht zu sehr auf mich als Bezugsperson. Ich werde mich, so Gott will, auch mal wieder verlieben. Und dann? Willst Du dann zickig in der Gegend herumsitzen?« Lisa nahm Anna in den Arm und drückte sie fest an sich. »Du bist meine liebste Freundin. Ich komme mit Dir prima zurecht und Du hoffentlich auch mit mir. Aber wir sind freie Menschen und Freundinnen. Kein Ehepaar.«

Anna sah Lisa tief in die Augen. »Entschuldige bitte, Lisa. Du hast recht. Manchmal ist es einfach schwierig mit mir.« Ihr Blick ging nach unten. Uschi versuchte, zu verstehen, was die beiden meinen könnten, kam aber nur auf eine Beziehung.

»Darf ich euch mal fragen, ob ihr zwei ein Paar seid?« Lisa erzählte Uschi wie sie Anna während der Schulzeit kennen gelernt hatte.

»Und für uns beide ist die Nähe, die wir zulassen, manchmal auch ungewohnt oder nicht definierbar. Aber eine Beziehung haben wir nicht. Und so richtig mit allem drum und dran kann ich mir das auch nicht vorstellen.« Lisa sah zu Anna. »Und Du?«

Anna druckste herum. »Lisa, Du kennst mich. Nein, mit allem drum und dran natürlich auch nicht. Da ist mir ein Mann schon lieber. Aber wenn ich beantworten müsste, wen ich lieb habe, wen ich wirklich in mein Herz lasse...« Anna war ungewohnt unbeholfen in ihrer Wortwahl. »...dann bist Du das Lisa.« Die drei Frauen sahen sich an. »Und?« Durchbrach Lisa die Stille. »Darf man das nicht sagen? Anna, ich hab' Dich auch sehr lieb. Und wenn es einen Menschen gibt, dem ich vertraue, bist Du das.« Uschi spürte ein Band zwischen Lisa und Anna, dass sie vorher bei keinem Menschen, nicht einmal in ihren eigenen Beziehungen gespürt hatte. Sie überlegte lange, bevor sie das Thema mit den Worten abschloss:

»Das, was ihr habt, nennt man Freundschaft. Tiefe Freundschaft. Und nichts und niemand kann euch das nehmen. Und nichts und niemand wird es euch nehmen. Und ich wäre glücklich, manchmal Zeit mit euch verbringen zu können, oder euch zu helfen, wenn ihr es möchtet.« Sie ergriff Annas Hand und sah ihr in die Augen. »Ist das jetzt geklärt?«

Lisa strahlte. »Wenn es eines gibt, was ich liebe, dann sind das langweilige Samstag Morgen,« kicherte sie.

»Gibt es etwas, was Du uns erzählen solltest?«, fragte Uschi direkt. Lisa umriss das kurze Gespräch mit Sarah und fühlte sich merkwürdig. »Wisst ihr, was ich gerade fühle? Ich habe das Gefühl Menschen um mich zu haben, die mich wirklich mögen.« Eine Träne kullerte ihre Wange herunter, aber sie strahlte.

Eine unerwartete Wendung

Fast zwei Monate später machten sich Lisa und Anna auf den Weg an die Ostsee, um das Haus, von dem Uschi erzählt hatte, zu besichtigen. Das Ehepaar hatte erst jetzt Gelegenheit gefunden, zurückzurufen. Der Mann schien überfordert, seine Frau war lange im Krankenhaus gewesen und der Winter hatte die Reise für Lisa und Anna ständig mit Glatteis und Schneeregen verhindert. Doch nun war es Ende März, ein Hochdruckgebiet hatte den Winter endgültig in Richtung Schweden vertrieben und die Sonne lachte bereits kräftig vom Himmel. Anna saß seit zwei Stunden wieder am Steuer, Lisa machte ein kleines Schläfchen auf der Rückbank. Die Fahrt von Bayern an die Ostsee hatten sie fast geschafft, es waren noch wenige Kilometer zum Ziel. Als Anna von der Autobahn herunter fuhr, nahm die Geräuschkulisse ab, die Bewegungen des Wagens wurden spürbarer und ungleichmäßiger. Lisa wachte auf.

"Sind wir schon da?" Erkundigte sie sich verschlafen. "Nein, mein Kind, wir sind noch nicht da," lachte Anna und hielt an einer Tankstelle. "Ich tanke schnell und kaufe mir eine Cola. Magst Du auch eine?" Lisa rieb sich die Augen und stieg auf den Beifahrersitz um.

"Au ja, bring mir bitte auch eine mit."

Während Anna beschäftigt war, sah Lisa auf die Karte. Als Anna wieder einstieg, fragte sie Lisa kurz nach dem Weg. "Wir sind eigentlich schon da. Der nächste Ort ist es und dort können wir ja nach dem Hof fragen." Als sie über die Landstraße fuhren, kam es Lisa wie ein Ausflug ins Ungewisse mit dem beklemmenden Gefühl der Frage nach einer neuen Heimat vor. Etwas in ihr ging auf Distanz zu dem, was sie sah. Sie blickte zu Anna und wusste, was ihr

Gesichtsausdruck bedeutete. Trotzdem fragte sie nach. "Wie gefällt Dir die Gegend?"

Anna wich aus. "Wir sind gleich da. Kannst Du mal kurz fragen, wo der Hof ist?" Sie hielt den Wagen am Straßenrand und Lisa kurbelte das Fenster hinunter, um eine Passantin nach dem Weg zu fragen.

"Sind sie von der Zeitung?" Bekam sie als Antwort zu hören. "Ihr seid ja schneller, als die Polizei erlaubt. Habt ihr denn gar keinen Anstand?" Lisa schüttelte verständnislos den Kopf und Anna fuhr ein Stückchen weiter. Der nächste Passant beschrieb Lisa den Weg und fügte ein - tragisch - hinzu. Lisa stutzte. Als sie in den Weg zum Hof bogen, sahen sie, was die Passanten gemeint hatten. Das Wohnhaus war niedergebrannt und die Polizei hatte die weitere Zufahrt gesperrt. Anna hielt halb auf der Wiese und stieg aus dem Wagen. Lisa sah durch das Fenster und öffnete auch die Tür, aber als Anna bereits wieder in den Wagen stieg, blieb sie sitzen.

"Ich glaube, Lisa, ich möchte nicht wissen, was da passiert ist." Lisa schüttelte den Kopf. "Ich muss Dir etwas erzählen, Anna. Ab der Tankstelle hatte ich ein blödes Gefühl im Bauch."

"Du meinst, Du hast das hier geahnt?"

"Weiß ich nicht. Ich glaube eher nein. Ich bin ja keine Hellseherin, aber etwas in mir hat sich gegen diese Gegend gewehrt. Du hast aber meine Frage vorhin nicht beantwortet. Wie es Dir hier so gefällt."

Anna schüttelte leicht den Kopf. "Lisa, ich habe jetzt Hunger. Lass uns etwas essen und beratschlagen, ob wir gleich zurück fahren oder später."

"Da brauche ich gar nicht lange nachzudenken, Anna. Bitte gleich. Ich bin nicht wahnsinnig müde und abwechselnd müsste die Fahrt zu schaffen sein."

"Erst etwas essen?" Fragte Anna nach.

"Erst etwas essen, ich habe vorhin an der Kreuzung eine Wirtschaft gesehen. Lass uns dort hinfahren," schlug Lisa vor. Es war später Nachmittag und die Wirtschaft war recht gut gefüllt. Sie setzten sich zu zwei Männern auf die einzigen freien Plätze.

»Ich hoffe, wir stören Sie nicht,« fragte Anna vorsichtig. »Nein, bestimmt nicht. Zwei hübsche Frauen sind hier gern gesehen,« bekam sie als Antwort mit einem für Anna recht freundlich anmutenden Lächeln. Als auch der andere Mann sehr freundlich blickte, unterdrückte Anna die Antwort, die ihr auf der Zunge lag und nahm es einfach mal als Kompliment.

»Danke, sehr freundlich,« lächelte sie. Die Bedienung kam schnell, empfahl den Salat der Saison und brachte auch gleich darauf zwei Kaffee, die Lisa bestellt hatte.

»Warte mal, Anna, wir haben Winter. Was gibt es denn im Winter auf den Feldern?«

»Rüben, Kartoffeln und Grünfutter,« versuchte der eine Tischnachbar ihnen zu helfen.

»Grünfutter?« Wollte Lisa wissen.

»Das bekommen die Kühe und außerdem ist es eine Bodenbedeckung. Damit die Erde nicht wegfliegt.« Lisa fand das interessant, schmunzelte darüber, ob sie jetzt Rüben bekämen, und feixte mit dem Herren über Grünfutter. Anna wechselte das Thema und fragte nach dem blöden Gefühl im Bauch, dass Lisa vorher erwähnt hatte.

»Ich weiß nicht recht, ich kann es nicht sagen. Weißt Du, wenn ich in eine Gegend komme, wo ich mir ein Haus anschauen möchte, schaue ich ganz anders, als wenn ich nur durchfahre oder schon weiß, dass ich wieder bald zu Hause bin. Und dann ist es auch noch abgebrannt.« Beide Männer horchten auf und fragten, ob sie das Haus meinten, dass zum Verkauf gestanden hatte. Der Salat kam, Anna bestellte noch zwei Wasser und freute sich über das Essen.

»Ja,« antwortete Lisa auf die Frage nach dem Haus, »wir hatten vor, es uns anzuschauen, erst am Wochenende hatten wir mit dem Besitzer telefoniert.« Sie schien etwas verwundert auszusehen. Die Männer sahen sich an, der eine nickte und begann zu erzählen.

»Am Montag ist Herr Börners Frau wieder ins Krankenhaus gekommen.«

»Die war doch erst gerade von dort nach Hause gekommen, dachte ich,« unterbrach ihn Anna.

»Ja, das war ja das tragische. Am Dienstag ist sie gestorben,« fuhr ihr Gegenüber fort. »Und dann...« Er schien nach Worten zu ringen, »dann ist er durchgedreht. Am nächsten Tag lies er alle Tiere frei, wir haben uns noch lustig gemacht, ob er jetzt überschnappt, aber dann am Nachmittag hörten wir Sirenen.« Seine Stimme wurde leise. »Er wollte bei seiner Frau sein.« Lisa und Anna blieben die Bissen im Halse stecken. Trotzdem versuchten sie, aufzuessen, und wechselten noch einige Worte mit den Männern. Lisa drängelte zum Aufbruch, auch Anna war schweigsam geworden und so machten sie sich auf die Rückreise. Die Fahrt verging schnell. Erst fuhr Lisa, dann übernahm Anna wieder das Steuer und so wechselten sie einige Male. Viel erzählen wollten beide nicht. Außer einiger Sätze, die ihre eigene Betroffenheit zum Ausdruck brachten, kam nicht viel zustande, was Lisa als ungewöhnlich empfand. Schließlich durchbrach das Radio mit einer Staumeldung kurz nach Leipzig die Stille.

»Wir könnten auch über Hof und Regensburg fahren,« schlug Lisa vor.

»Du fährst,« meinte Anna.

»Also hab' ich auch die Kontrolle? Also gut, versuchen wir's. Ob Nürnberg oder Regensburg, soviel verlieren wir da nicht. Aber im Stau möchte ich jetzt nicht stehen.«

»Du fährst,« wiederholte Anna.

»Ja, ich fahre. Das weiß ich jetzt auch, aber warum wiederholst Du das denn?« Forschte Lisa nach Annas Gemütszustand. Sie fuhren noch fast eine Stunde, bevor Anna das Schweigen erneut unterbrach.

»Ist denn alles sinnlos, weil ein Mensch nicht mehr da ist?« Philosophierte sie.

»Schwierige Frage, Süße.« Lisa wählte die Worte mit Bedacht. »An sich ist es ja so, dass jeder auch ohne irgendeinen Menschen lebensfähig ist. Jedenfalls theoretisch. Aber wenn gewisse Gefühle da sind, kann ich mir schon vorstellen, dass man...« Weiter kam sie nicht. Annas Tränen unterbrachen ihren Gedankenfluss. Lisa fuhr weiter. Sie nahm Annas Hand, konnte aber nicht viel sagen, weil sie sich auf den Verkehr zu konzentrieren versuchte. Lisa fuhr und schwieg, Anna wurde ruhiger und schlief schließlich ein. Lisa kam es wie eine Ewigkeit vor, es war mittlerweile weit nach Mitternacht, als ein Lämpchen im Armaturenbrett aufleuchtete. Anna schlief noch immer, der Wagen fuhr, also entschied sich Lisa dazu, es zu ignorieren. Es gelang ihr aber nicht. So steuerte sie die nächste Tankstelle an, um nach dem Lämpchen zu schauen. Es machte sie unruhig und mitten in der Nacht auf offener Strecke stehen zu bleiben, erschien ihr nicht angenehm. Als sie den Motor abgestellt hatte, wachte Anna auf.

»Wo sind wir denn?« Fragte sie.

»Kurz vor Regensburg, schätze ich jedenfalls,« entgegnete Lisa.

»Magst Du wechseln?« Wollte Anna wissen.

»Nein, eigentlich könnte ich noch durchfahren, aber das Lämpchen für die Ölkontrolle blinkt auf. Mal sehen, was es zu bedeuten hat. Ich geh' mal fragen, ob wir Hilfe bekommen können.« Lisa stieg aus und fragte den Kassierer, ob es Hilfe gäbe. Nachdem dieser verneinte, entschloss Lisa sich zur Selbsthilfe und wollte den Grund herausfinden. Anna ging - sich frisch machen -, wie sie in diesen Augenblicken immer zu sagen pflegte und Lisa blätterte im Handbuch herum.

»Na, Liebes? Schon etwas gefunden?« Erkundigte sich Anna.

»Nein, leider nichts, was mich weiter bringen könnte. Stellen sie den Motor ab und suchen sie eine Fachwerkstatt auf. Sonst nichts.«

»Hm,« machte Anna besorgt. »Das schreiben sie bestimmt nicht umsonst. Öl ist, glaube ich, wichtig. Ohne kann etwas kaputt gehen. Ich rufe mal den ADAC an. Was meinst Du?«

»Ich glaube, das ist eine gute Idee, Anna. Jetzt, wo die Anspannung vom Fahren weg ist, werde ich tüddelig und sehr unkonzentriert. Da finde ich auch keine Fehler.«

»Nimm es mir nicht übel, Lisa. Aber auch wach und konzentriert würdest Du den Fehler nicht finden. Ich kenne mein Auto. Weißt Du noch, als ich wegen der Klimaanlage in der Werkstatt war? Da haben die selber ganz schön lange herumgesucht. Ich rufe jetzt mal den Pannendienst an.«

Lisa entriegelte die Haube und kontrollierte den Ölstand. Anna stand mit dem Handy in der Hand neben ihr und wartete auf ein Zeichen. Als Lisa den Ölstab hochhielt und mit den Achseln zuckte, trat sie gegen den Reifen.

»Dich verkaufe ich, so schnell ich kann, Du blöde Kiste. Hallo? Hier ist Anna. Äh Ditfurth,« sie wirkte ebenso unkonzentriert und entnervt wie Lisa. Während die beiden auf den Pannendienst warteten, tranken sie einen Kaffee in der Tankstelle und schwatzten mit dem Kassierer. Lisa fand, er hatte lustige Augen und vertiefte sich in allerlei Erzählungen. Als der Wagen vom ADAC erschien, begab sich Anna nach draußen und ließ die beiden sich weiter unterhalten. Als Lisa sah, dass die Reparatur vor Ort wohl nicht möglich schien, erkundigte sie sich nach einer Übernachtungsmöglichkeit.

»Im Ort hier gibt es einen Gasthof mit Fremdenzimmer, aber der hat schon zu. Jetzt ist da keiner mehr. Aber mein Schwager hat eine Pension. Nur zwei Ortschaften weiter. Vielleicht hat er ein Herz für zwei Frauen mit einer Panne.« Bevor Lisa antworten konnte, hing er schon am Telefon und sprach in tiefstem niederbayerisch mit jemandem. Anna kam hinzu und erklärte Lisa kurz die Situation.

»Er bringt das Auto nach Regensburg. Dort ist die nächste Werkstatt. Morgen können wir dann weiter, ist nichts schlimmes, ihm fehlen wohl nur Teile.«

»Ich habe schon gesehen, wie er den Wagen hinten drauf geladen hat.« Entgegnete Lisa. »Der freundliche Herr hier versucht, eine Schlafgelegenheit für uns zu bekommen. Ist das nicht nett?« Anna verzog bei dem Wort Schlafgelegenheit das Gesicht, war aber zufrieden.

»Unsere Tasche!« Rief sie und lief zum Abschleppwagen.

»Ist in Ordnung, meine Dame. Mein Schwager holt sie gleich ab. Es gibt einfache aber saubere Zimmer,« meinte der Kassierer.

»Wir werden abgeholt? Mitten in der Nacht?« Lisa war erstaunt. »Dann hätte ich gerne noch zwei Kaffee.«

Ein Hund bellte. Lisa wachte auf und dachte im ersten Moment Rob würde anschlagen, sie erkannte aber schnell, dass sie in der Pension war und nicht hochspringen musste. Anna lag neben ihr und wachte auch gerade auf.

»Guten Morgen, Lisa.«

»Guten Morgen, Anna.« Lisa lächelte. »Na? Wie hast Du geschlafen?« Anna strahlte und Lisa fühlte sich selbst ebenso gut. Sie kletterte aus dem Bett und bemerkte dabei, dass es nur ein kleines, schmales Bett war.

»Wie im Skilager damals, weißt Du noch?« Anna kam zu Lisa ans Fenster. Sie öffneten die Vorhänge und sahen eine wunderschöne, hügelige Landschaft. Kühe auf einer Seite, etwas weiter entfernt ein weiteres Haus auf der anderen Seite. Die Sonne schien und wärmte bereits spürbar. Der Frühling war in seiner ganzen Schönheit angekommen. Lisa legte ihren Arm um Annas Schulter und lächelte:

»Siehst Du, hier habe ich ein tolles Grundgefühl. Eine Wohlfühl-Gegend sozusagen. Was ich Dich fragen wollte, warum hattest Du gestern im Wagen geweint? Ist Dir das mit Herrn Börner so nahe gegangen?«

Anna erwiderte die Berührung und sah verträumt zum Fenster hinaus. »Unser Traum, Dein Bild in der Küche, Uschis Tipp mit dem Haus. Ich habe mich die ganze Zeit sehr darauf eingestellt. Und das war wahrscheinlich falsch. Mir hat die Gegend ebenso wenig gefallen wie Dir. Vielleicht bin ich ein bayerisches Mädchen und sehne mich danach.«

»Mir geht es genauso. Wenn ich die Wiesen hier sehe, haben sie für mich eine ganz andere Farbe. Etwas strahlt und ich fühle mich ganz anders,« ergänzte Lisa. »Und dann die Tragik mit dem Haus. Ich möchte gar nicht wissen und nun auch nicht mehr daran denken, wie viel Leid es bedeuten kann, einen Menschen zu verlieren, den man liebt,« Anna nahm Lisa in den Arm und drückte sie fest an sich. »Ich habe lange nicht mehr so gut geschlafen,« fuhr sie fort, »und nun habe ich Kohldampf!« Beide duschten und kleideten sich an. Als sie an einem hübsch gedeckten Frühstückstisch Platz nahmen, sah Lisa auf die Uhr. Es war gerade kurz nach 10 und die Dame des Hauses brachte ihnen Kaffee.

»Ihr seid's ja zwei arme Mädchen. Mitten in der Nacht geht das Auto kaputt und dann steht's ihr da. Wo kommt's ihr eigentlich her?«

»Wir sind aus der Nähe von München,« entgegnete Lisa.

»Aus einem kleinen Dorf, kennen sie Petershausen?«

»Nein, das sagt mir jetzt nichts, aber einer meiner Söhne arbeitet in München. Bei einem Stromkonzern. Mein anderer Sohn hat euch Gestern abgeholt. Ich bin Frau Stark und wie heißt's ihr?«

»Mein Name ist Norman. Lisa Norman und das ist Frau Ditfurth.«

»Anna Ditfurth,« ergänzte Anna kauend.

»Na, dann lasst's euch schmecken. Wenn ihr etwas braucht, ich bin nebenan.« Frau Stark war eine ältere, sehr freundlich aussehende Frau, die viel in ihrem Leben gelacht haben musste. Lisa waren die Lachfalten und die strahlenden Augen aufgefallen. Sie sah Anna an und musste mehr als ein Fragezeichen auf der Stirn stehen haben. Aber sie konnte nichts antworten, weil in diesem Augenblick die Tür aufging und der Fahrer von gestern Nacht in den Raum kam. Er erblickte die beiden und kam an den Tisch, um zu fragen, ob alles nach ihren Wünschen wäre.

»Perfekt, ich habe leider ihren Namen vergessen. Tut mir leid,« erwiderte Lisa.

»Josef, nennt mich einfach Sepp.«

»Bitte, nimm doch Platz, Sepp,« lud ihn Anna ein. »Lisa meinte vorhin, wir sollten Dir irgendwie den Aufwand entschädigen, den Du gestern Nacht hattest. Ist das in Ordnung, wenn wir Dir fünfzig Euro geben?« Sepp lachte und schüttelte den Kopf.

»Ich wollte euch eigentlich fragen, ob ich euch zur Werkstatt fahren soll. Hier fahren nämlich keine Busse und nach Regensburg sind es gut und gerne 40 Kilometer.« Seine ruhige Stimme erinnerte Lisa an eine andere Stimme, aber der Vorname passte nicht und dann schnappte ihr Relais im Gehirn ein.

»Hast Du einen Bruder, der Thomas heißt?«

Sepp wunderte sich, lächelte und bestätigte. »Ja, der wohnt in Dachau, bei München. Er ist mehr der Theoretiker. Was er macht habe ich vergessen, aber er sitzt den ganzen Tag am Computer.«

»Programmierer,« entgegnete Lisa. Sepp staunte und freute sich über die unverhoffte Verbindung der Zufälle.

»Ich habe mal mit ihm telefoniert, als ich ein Problem mit meiner Stromrechnung hatte und Deine Stimme ist seiner sehr ähnlich. Außerdem hatte Deine Mutter gesagt, dass sie Stark heißt.«

»So, was ist jetzt? Soll ich euch zur Werkstatt fahren?« Erkundigte sich Sepp. Lisa nickte. Anna zog ihre Geldbörse hervor, aber bevor sie daraus etwas entnehmen konnte, hielt Sepp seine Hand über Annas Hand, ohne sie zu berühren, um ihr zu bedeuten, dass er nichts annähme.

»Das geht in Ordnung. Kommt's einfach wieder. Nette Gäste sind uns lieber als Geld.«

»Aber das Zimmer muss ich sowieso noch bezahlen,« antwortete Anna.

»Das macht's mal mit meiner Mutter aus. In einer halben Stunde? Ich warte draussen.« Als sie auf der Fahrt zur Werkstatt im Auto saßen, erzählte Sepp viele kleine Geschichten und Lisa genoss seine ruhige, freundliche Stimme. Als sie zu Anna blickte, die hinten saß, konnte sie ihren Blick zuerst nicht deuten und fragte nach.

»Ich habe für uns nächstes Wochenende ein Zimmer gebucht. 4 Betten und die Hunde können wir auch mitnehmen,« erwiderte Anna. Sepp lachte und freute sich. Als sie an der Werkstatt angekommen waren, kam er noch mit hinein, um sicher zu gehen, dass Lisa und Anna auch den Wagen bekamen. Mit einem fröhlichen »Servus, bis zum Wochenende,« verabschiedeten sich die drei. Die weitere Fahrt war angefüllt mit Erzählungen über ihre Eindrücke. Alles sprudelte aus Lisa und Anna heraus, was in den Stunden der Fahrt im Dunkeln in der Nacht nicht ausgesprochen worden war. Als sie zu Hause angekommen waren, freuten sich Kathi und Jonas über die neuen Nachrichten. Über die Tatsache, dass die Ostsee kein Thema mehr für Lisa und Anna war, schienen sie fast zu weinen vor Freude. Nur das Wochenende hatte sich Jonas anders vorgestellt. Kathi freute sich, aber er schien etwas vorzuhaben, was Lisa nicht eingeplant hatte.

»Sag mal, Jonas,« begann sie. »Hat das vielleicht mit Sarah zu tun? Möchtest Du lieber Zeit mit ihr verbringen?« Jonas erzählte von einer Party und dass es eben wenig Möglichkeiten gab Sarah zu treffen, weil sie viel Lernen musste und ihr Vater ein strengeres Regiment führte, seit ihre Mutter ausgezogen war. Lisa dachte nach und entschied sich, offen die Angelegenheit anzusprechen. »Wenn ich das irgendwie hinbekomme, fährst Du mit?« Fragte sie nach. Jonas nickte. »Darf ich das in die Hand nehmen, mein Sohn?« Auch hier nickte Jonas. Lisa rief kurzerhand Sarahs Vater an und lud ihn zum Gespräch ein. Als er am Abend mit Lisa in der Küche saß, erzählte er viel von seinen Sorgen. Er war ein Mann, der eine härtere Schale zeigte, als erforderlich gewesen wäre. Er kam Lisa souverän und ruhig, aber sehr distanziert vor. Lisa erinnerte sich an Sarahs Worte und wählte die Worte vorsichtig. Sie bemerkte nichts von der Affinität ihr gegenüber, die Sarah zum Ausdruck gebracht hatte. Lisa entschied sich für den Weg der helfenden Hand.

»Wissen Sie, wir müssen den Kindern mehr Verantwortung in die Hand geben, sonst bekommen sie sie mit 18 auf einen Schlag und können nicht damit umgehen. Es ist wie Autofahren. In der ersten Fahrstunde im Berufsverkehr mit 200 Sachen auf der linken Spur ist dann etwas zu viel.« Herr Sailer nickte und rührte in seinem Tee.

»Sarah hat mich nie enttäuscht. Sie ist immer pünktlich und hilft mir, wo sie kann. Als meine Frau wegging, hat Sarah sich sehr um mich gekümmert, hat viel mit mir gesprochen und ist sehr um mich besorgt.«

»Lassen sie ihr noch ein wenig ihre Unbekümmertheit. Auch Jonas ist in eine Rolle geschlüpft, die leicht zu viel für ihn sein kann. Aber das können wir beide nicht verhindern. Wir können es nur abschwächen, indem wir ihnen mehr Freiraum geben und sie weniger mit uns selbst belasten.« Herr Sailer fand Lisas Worte überzeugend.

»Wie ist Sarah eigentlich in der Schule?« Erkundigte sich Lisa.

»Eine glatte zwei. Da mache ich mir keine Sorgen. Sie lernt viel, aber ich verlange auch viel von ihr.« Er blickte Lisa an. »Zuviel vielleicht,« fügte er hinzu. »Wissen Sie was, Frau Norman? Ich habe Vertrauen in Sie. Ich gebe ihnen natürlich den Anteil von Sarah dazu, ach was, ich gebe ihnen jetzt zweihundertfünfzig Euro und dann holen Sie sie am Freitag ab.« Lisa bedankte sich mit einem langen, nachdenklichen Blick.

»Und was machen Sie? Unternehmen Sie etwas?«

Herr Sailer zögerte kurz. »Wissen Sie, Frau Norman, ich bin ein Mann, äh naja, wie soll ich sagen, es gibt da jemanden, über die ich nicht viel sagen kann. Aber sie wissen schon, was ich meine?« Lisa schmunzelte und winkte ab. Wesentlich tiefere Erläuterungen fand sie nicht erforderlich. »Ich fände es schön, wenn Sie es ihr selbst sagen, sie ist oben bei Jonas, die beiden lernen.«

»Lernen?« Herr Sailer schien erstaunt.

»Ja, sie gibt Jonas Nachhilfe. Schon seit einiger Zeit. Wussten Sie das gar nicht?«

Beide gingen zu Jonas Zimmer, klopften und öffneten die Tür. Sarah und Jonas lagen auf dem Boden, um sich herum hatten sie Bücher verstreut und Jonas schrieb auf einem Blatt. Sarahs Augen zeigten mehr als deutlich ihre Verwunderung, ihren Vater zu sehen und sie begann, die Situation zu erklären.

»Ist doch alles in Ordnung, Sarah.« Er kniete sich zu ihr. »Magst Du vielleicht mit Jonas, Frau Norman und den anderen am Wochenende nach Niederbayern fahren?« Ein glückliches Mädchen sprang ihrem Vater um den Hals. Als Lisa sah, wie sehr sich beide freuten, blickte sie zu Jonas, der sie auch in den Arm nahm und ein »danke Mama,« flüsterte.

Eine unglaubliche Begegnung

Am darauf folgenden Freitag kam Sarah nach der Schule mit ihrer Tasche, einem kleinen Päckchen und einem strahlenden Gesicht die Auffahrt herauf. Lisa war bereits mit dem Verstauen der Sachen in einen Leihwagen beschäftigt. Anna hatte einen Van besorgt, damit auch alle Platz hatten.

»Kann ich Dir helfen, Lisa?« Fragte Sarah.

»Hm, lass mich mal überlegen, Du könntest Kathi helfen und Jonas bitten, sich etwas zu beeilen,« überlegte Lisa. Nach einer Weile standen alle mit ihren Taschen vorm Wagen und wunderten sich, wie wenig Platz in so einem großen Wagen zu sein schien.

»Das geht so nicht, Mama,« meinte Kathi.

»Wir können doch die Hunde auf den Schoß nehmen,« empfahl Jonas und Anna versuchte, durch hin und herschieben Platz zu gewinnen, musste dann allerdings Kathi beipflichten.

»Wenn ich das auf der Festplatte haben würde, gäbe es nur das Defragmentieren,« meinte sie schließlich.

»Anna?« Fragte Lisa. »Was hast Du heute früh gefrühstückt?« Frotzelte sie.

»Lass mich mal machen, ja?« Entgegnete diese und schnappte sich drei Taschen, befahl Kathi, die anderen zwei zu nehmen und mitzukommen. Lisa, Sarah und Jonas guckten verwundert und warteten. Kurze Zeit später kam Anna mit einer großen Tasche und einem kleinen Rucksack wieder aus dem Haus und Kathi frohlockte, sie wüsste jetzt, was Defagmieren sei.

»Der ganze Kofferraum reicht für die Hunde, die Tasche kommt hinten vor die Sitzbank, hinten drei Personen, vorne zwei und wir können los,« meinte Anna trocken. Als alle im Auto saßen und Lisa losfuhr, platzte Anna vor Lachen. »Wir hatten drei Föns, 4 Duschgels, 3 Tuben Zahnpasta und fünf Handtücher dabei. Dazu hatte Jonas für eine Woche T-Shirts aber nur für einen Tag Unterwäsche dabei. Sarah, eine von Deinen drei Jeans musste da bleiben, ist das ok?« Lisa fuhr auf die Autobahn und alle 5 erzählten durcheinander. Es war eine von Schwatzen, Bellen und Lachen erfüllte Fahrt. Nach zweieinhalb Stunden fuhren sie auf den Hof der Pension und wurden herzlich von Frau Stark begrüßt.

»Ja, jetzt seid's Ihr ja fünf? Wie kommen wir denn da mit einem Zimmer zurecht?« Lisa machte Vorschläge und Anna verteilte Betten. Aber Frau Stark lies sich nicht beirren. »Wir haben noch ein kleines Appartement. Das ist leer, da hat dann jeder Platz. Kostet für euch das gleiche. Basta.« Nach dem Ausladen des Wagens und dem Verstauen der Sachen im Appartement, trafen sich alle an der Hausseite an einem kleinen Eck mit Tischen und Stühlen.

»Möchtet Ihr vielleicht Kaffee und Kakao, vor dem Abendessen?« Erkundigte sich Frau Stark und Lisa nickte. Es hupte. Anna stupste Lisa an und fragte, wo sie denn das Auto abgestellt hatte.

»Oh, das habe ich ganz vergessen, das steht noch mitten vorm Haus!« Rief diese und blickte um die Ecke. Ein Traktor stand hinter ihrem Wagen und lies die Schaufel gerade runter, fuhr ein Stück vor und der Fahrer tat so, als ob er das Auto wegschieben wollte.

»Mach nur, Sepp!« Rief Lisa und lachte.

»Das haben wir gleich!« Rief jemand aus dem Fahrerhaus zurück. Lisa konnte die Gesichtszüge nicht genau erkennen, die Stimme klang in dem Lärm des Motors aber vertraut. Lisa baute sich vor dem Traktor auf, verschränkte die Arme und frotzelte ein »Trau Dich doch,« in Richtung

Fahrerhaus. In dem Moment kam Sepp aus dem Haus, erblickte Lisa und begrüßte sie herzlich.

»Na, habt ihr zum Glück wieder hergefunden?« Fragte er.

»Du ... und wer ...? Lisa stutzte. »Ich dachte Du fährst den Traktor?« Bemerkte sie verdutzt. Die untergehende Sonne blendete und sie konnte das Gesicht des Fahrers nicht erkennen, hatte aber einen Verdacht. Diese Stimme! »Ich fahre mal schnell zur Seite,« meinte sie und stieg in den Wagen. Der Traktor fuhr über den Hof und verschwand in einem Schuppen. Lisa ging wieder zu den anderen zurück, schmunzelte über die Verwechslung bemerkte aber, dass ihr Herz klopfte. Sepp, der sich mittlerweile auch zu ihnen gesetzt hatte, erzählte lustige Geschichten vom Tag und holte dann die Hündin, die zum Hof gehörte.

»Kann ich Rob und Lucy loslassen? Was meinst Du?« Fragte Lisa an ihn gewandt.

»Leila ist sehr brav, da wird es keine Probleme geben. Weg können die Hunde auch nicht, das Tor vorne ist zu und hinten sind Kühe und Weidezäune,« meinte er. Rob, Lucy und Leila beschnüffelten sich, begannen auf dem Hof zu toben und sich im Kreis zu jagen. Lisa hatte ein gutes Gefühl dabei und überließ die Tiere sich selbst. Der Platz, an dem alle saßen, war eine etwas größere Terrasse. Die Türen zum Gastraum, in dem sie gefrühstückt hatten, waren offen und sie hörte Rumoren und Gesprächsfetzen aus dem Haus klingen. Frau Stark sprach im Stockwerk über ihnen mit jemandem. Die Kinder verabschiedeten sich, um den Hof zu erkunden. Lisa nahm sich einen Stuhl, begab sich an den Rand der Terrasse, setzte sich von den anderen abgewandt in Richtung des Waldes und schloss die Augen, um die untergehende Sonne zu genießen. Es kehrte Ruhe ein in ihre Gedanken. Anna unterhielt sich mit Sepp und ganz leise konnte Lisa im Hintergrund Musik wahrnehmen.

Sie sang in Gedanken mit und hörte eine tiefe Stimme ihre Worte singen. Es war die Stimme von vorhin. Die, die sie schon einmal gehört, und sich während der letzten Tage an dieses eine Gespräch zu erinnern versucht hatte. »Thank you for loving me,« sang sie mit. Die Stimme verstummte und jemand lief die Stufen hinunter, sie hörte Schritte im Gastraum, die auf sie zukamen. Die Stimme begrüßte Anna und Sepp mit einem fröhlichen »Servus.« Lisas Herz klopfte. Die Schritte kamen näher und stoppten hinter ihr. Was sollte sie denn jetzt tun? Oder sollte sie etwas sagen? Aber was? Guten Tag, ich bin Lisa Norman. Nein das klang kalt. Sie hielt ihre Augen immer noch geschlossen. Die Sekunden vergingen voller Anspannung.

»Ich hab' da eine Stimme gehört, die ich kenne. Hallo, ich bin Tom.«

Lisa öffnete die Augen, stand auf und drehte sich um. Ein paar freundliche, verschmitzte Augen strahlten sie an. Ein Lächeln, das tief aus dem Herzen kam, nahm ihr die Anspannung.

»Hallo, ich bin Lisa.«

Tom nahm Lisa kurzerhand in den Arm, wie sich Freunde begrüßen, und deutete eine Berührung seiner Wange an, ohne sie tatsächlich zu berühren. Er löste sich sofort wieder, nahm Lisas Hände und begann ganz leise zu sprechen. »Lange habe ich mir vorgestellt, wie die Augen aussehen, die zu dieser Stimme gehören. Aber meine Fantasie hat nicht ausgereicht.«

Lisa war sprachlos. Die ganze letzte Woche hatte sie sich ausgemalt, wie die Begegnung zwischen ihnen wohl sein würde. Die Erinnerung an ihre Gedanken, während des Telefonats mit diesem Thomas Stark. Dieser Stimme, die sie verzaubert hatte in einem Moment, in dem Sie nicht im Mindesten daran gedacht hätte, Sehnsucht oder romantische

Gefühle zu entwickeln. Nun war der Augenblick da, sie sah in Thomas' Augen und hörte seine sanfte Stimme. Er sprach Worte, die nicht kitschig und auch nicht gestellt klangen. Er hatte die Distanz, die sich Unbekannte entgegenbringen, ganz einfach mit einer Umarmung überbrückt. Seine Ruhe strahlte auf Lisa aus. Sie lächelte, nahm ihn ganz vorsichtig ebenso in den Arm und legte ihren Kopf auf seine Schulter. Lisa spürte Toms Arme wieder und beide drückten sich vorsichtig immer fester.

»Mein Herz hat gerade so geklopft,« sagte Lisa leise.

»Und meins erst,« Tom sprach fast unhörbar. Ihre Blicke suchten sich in der Umarmung, dabei kamen sich ihre Lippen immer näher. Als nur wenig mehr als ein Blatt dazwischen passte, verharrten beide einen Moment. Ganz kurz, ganz vorsichtig, kaum spürbar gab Lisa Tom einen sanften Kuss. Beide sahen sich lange in die Augen und lächelten. Lisa versank in einem Meer aus Sehnsucht, Berührung und Wärme. Schließlich löste sie sich aus der Umarmung, nahm Toms Hand und ging zu Anna und Sepp.

»Darf ich vorstellen? Das ist Tom.« Annas Blick zeigte eine Mischung aus Verwunderung, Zweifel an Lisas Geisteszustand und Mitgefühl. Sie nahm Lisas Hand und drückte sie.

»Ich dachte, ihr beide bleibt jetzt den ganzen Abend so stehen,« frotzelte sie. Frau Stark kam hinzu und fragte nach den Wünschen für das Abendessen. Als sie Lisa und Tom Händchen haltend stehen sah, lächelte sie nur. Mit einem Blick zu Anna und Sepp, die seit eineinhalb Stunden da gesessen hatten, entschied sie kurzerhand, ihre förmlichen Pläne über den Haufen zu werfen, und bemerkte an ihre beiden Söhne gerichtet, sie sollten eine kleine Tafel decken, sie würde ihnen jetzt die Frauen entführen. Als der lange Tisch gedeckt, die Getränke und eine bayerische Brotzeit gerichtet waren, kamen auch die Kinder dazu. Sarah schien aus dem Häuschen zu sein, Kathi war schmutzig und Jonas plapperte durcheinander. Lisa nahm das Gespräch an sich und ordnete die Wünsche der Kinder.

»Wisst ihr was? Wir frühstücken morgen gemütlich und dann helfen wir einfach, wo wir können. Sepp kann uns ja dann Dinge zuteilen.«

»So weit kommt's noch,« meinte Frau Stark. »Die Gäste zum Arbeitsdienst einteilen. Kommt ja gar nicht in Frage.«

»Wenn es ihnen Spaß macht, Mutti,« meinte Sepp und ermunterte Jonas, er könne ihm beim Pflügen helfen. »Macht's doch, was ihr wollt,« lachte Frau Stark und wandte sich an Sarah. »Das kleine Zicklein kannst Du morgen füttern. Da brauche ich Dich dann, wenn Du Lust hast.« Tom legte seine Hand auf den Arm seiner Mutter und bedankte sich.

»Ist doch eh schon alles durcheinander,« entgegnete diese. »Wie schaut's aus Sepp, haben wir genug Holz für den Kamin?« Fuhr sie fort. Sepp nickte. Die Tür zum Gastraum ging auf und der Kassierer von der Tankstelle stand mit seiner Frau und einem Jungen in Kathis Alter in der Tür.

»Servus, bei'nand'!« Die kleine Gruppe begrüßte Lisa, Anna und die Kinder.

»Das ist meine Schwester Elisabeth,« stellte Tom die Frau vor und bekam von Sepp einen Stoß in die Seite.

»Unsere Schwester, bitte!«

»Eure Schwester, ja doch.« Fügte diese hinzu. »Aber alle nennen mich Elli. Meinen Mann Max kennt ihr ja schon?«

»Ja,« erwiderte Anna und lächelte ihm zu. »Er hat uns letzte Woche aus der Breduille geholfen.«

»Und das ist Jonas, unser Sohn.« Ergänzte Elli.

»Jonas?« Fragte Jonas. »Jetzt haben wir schon zwei.«

»Wir nennen in aber Jo,« Elli nahm ihren Sohn in den Arm und schob ihn neben Kathi auf die Sitzbank.

»Frau Stark,« fragte Lisa. »Wo könnten wir denn die Hunde heute lassen? Im Zimmer wird wohl etwas schlecht sein?«

»Das geht schon, aber wir haben eine Box im Stall, die ist groß und mit viel Heu ausgelegt, da können die zwei dann bleiben. Leila hat ja eine Hütte. Da schläft sie jetzt schon. Aber sagt's mal, wollt Ihr mich jetzt als einzige sietzen? Da komm ich mir aber dumm vor. Ich heiß' Maria.«

»Wollt's ihr da bleiben,« wandte sich Sepp an Max. »Wir zünden nachher den Kamin an und einen Wein treiben wir auch noch auf.«

Lisa blickte zu Anna und lächelte. »Und Du dachtest, wir wüssten nicht, was wir machen sollten.«

Nachdem die Tafel abgeräumt war, begaben sich alle in einen weiteren Gastraum, der aber wesentlich kleiner war, als der erste. Alles war mit Holz getäfelt, Sepp hatte den Kamin bereits entfacht und ein Deckenfluter tauchte den Raum in gedämpftes Licht. Lisa nahm an der linken Seite des Kamins auf dem Boden Platz, Jonas und Sarah hörten sich auf der Eckbank gemeinsam Musik über Kopfhörer an. Anna suchte einen Platz auf der Zweiercouch und Elli und Max nahmen auf der anderen Seite des Kamins gegenüber von Lisa Platz. Sepp verteilte Gläser und goss jedem ein Viertel Wein ein. Lisa blickte zu Kathi, die in der anderen Ecke des Raumes mit Jo am Tisch saß und ein Puzzle legte. Die beiden schienen sich zu mögen, dachte Lisa bei sich und schmunzelte. Maria nahm in dem einzigen Ohrensessel Platz, der vor dem Kamin stand und sah sehr zufrieden aus. Tom kam zur Tür herein, blickte zu Lisa und lächelte.

»Die beiden sind ja ganz brav. Lucy und Rob, sagtest Du? Welcher ist eigentlich wer?« Lisa erklärte ihm, dass der Dalmatiner Rob sei und der Golden Retriever Lucy.

»Darf ich neben Dir Platz nehmen?« Fragte Tom an Lisa gerichtet, die nickte und ein Stückchen an den Kamin rückte, um ihm Platz zu machen. Sepp hatte sich auf die Zweiercouch zu Anna gesetzt. Die beiden saßen wie Loriot und seine Assistentin etwas steif auf der Couch. Lisa lächelte Ihr zu und Anna begann, sich zu entspannen. Sie rutschte auf der Couch herum und fand schließlich eine Position, die bequemer und nicht mehr so steif wirkte. Lisa fragte vorsichtig, ob sie rauchen dürfte. Tom gab ihr seinen Tabak und Papierchen.

»Hier, ich hatte gehofft, dass es euch nicht stören würde, wenn ich rauche,« meinte er.

»Du hast ja den gleichen Tabak wie ich, schau mal,« sagte sie und zog ihren Beutel hervor.

»Tja, Bon Jovi Fans scheinen auch anderes zu teilen,« schmunzelte er. Maria öffnete das Fenster und zog eine kleine Pfeife hervor, die sie sich stopfte und anzündete. Lisa staunte darüber und Sepp erklärte, dass seine Mutter die Pfeife schon immer abends rauchte. »Eine Abends. Vor dem Kamin. Sonst raucht sie gar nicht. Ist schon komisch unsere Mutter,« erzählte er in fast liebevoller Stimme. Lisa nahm den Tabak von Tom, sah, dass der Beutel schon fast leer war, mischte ihn mit ihrem eigenen und teilte alles wieder in die zwei Beutel auf. Die Augen der anderen verfolgten ihre Hände. Lisa bemerkte das und wurde rot, was man in dem gedämpften Licht aber kaum sah. Sie drehte sich eine Zigarette, dachte darüber nach, was sie gerade gemacht hatte, zündete sie an und blies den Rauch weit nach oben. Tom berührte ihre Hand, mit der sie sich auf dem Boden abstützte und Lisa sah ihm tief in die Augen. Nach einem kurzen Moment holte sie tief Luft und begann, ihre Gedanken auszusprechen.

»Ich war noch nie an einem Ort, an dem ich mich so schnell wohl gefühlt habe. Letzte Woche, als ich aufstand und oben aus dem Fenster geschaut habe, dachte ich mir, das wäre ein Ort zum Wohlfühlen. Ich kann es nicht erklären, aber heute habe ich das Gefühl gehabt, nicht zu Fremden zu kommen, sondern zu Freunden. Ich weiß nicht, vielleicht ist es albern oder kindisch...« Sie stockte etwas und sah zu Tom. »Ich fühle mich so wohl, es ist einfach schön.« Sie hob das Weinglas und sagte leise danke. Tom legte seinen Arm um sie und schwieg. Maria ergriff als erste das Wort.

»Schau' Lisa, wenn die Menschen kein Gefühl mehr für das Leben haben, wenn es nur noch um Geld oder sonst etwas blödes geht, dann hab' ich keine Freude mehr.« Sie drehte sich zu Sepp um. »Und wenn mein Sohn da hinten, so einen Blick hat, dann lass ich ihn lieber nicht mehr auf den Bulldog.« Maria zwinkerte Anna zu, die ohne wegzublicken, die Hand ihres Sitznachbarn nahm und drückte. Max unterbrach die Situation mit der Frage nach dem Auto.

»Das wird sowieso verkauft,« meinte Anna. »Die Kiste hat mir nur Sorgen gemacht und unpraktisch ist sie ohnehin. Jetzt mussten wir uns ja auch einen Leihwagen nehmen.«

»Vielleicht sollten wir uns einen großen und einen kleinen Wagen kaufen, Anna,« meinte Lisa. »Wenn wir später viel zu transportieren haben, wäre das ganz praktisch.«

»Jetzt blicken wir gar nicht mehr durch,« schmunzelte Sepp. »Wollt ihr uns mal aufklären?« fügte er an Anna gerichtet hinzu.

»Ach das ist alles so plötzlich, so viel, so schön,« sagte Anna verträumt. Lisa hörte aus ihrer Stimmlage, dass es gefunkt hatte, und schmunzelte in sich hinein. Sie begann schließlich die ganze Geschichte zu erzählen. Von der Trennung von ihrem Mann, vom Einzug Annas, von Lucy

142

und ihrer Idee mit der Hundepension. »Ich habe noch nie so still und schweigend eine Autofahrt verbracht. Während der Rückreise von der Ostsee haben wir nur ganz, ganz wenig gesprochen.« Sie blickte zu Anna. »Ich hatte meinen Traum schon verloren geglaubt. Weißt Du?« Richtete sie sich an sie. »Dann, als ich aufwachte und aus dem Fenster sah, dachte ich im Stillen bei mir, wie schön es wäre, wenn es an einem Ort wie diesen möglich wäre.« Lisa blickte in ihr Weinglas und trank einen Schluck. Tom gab Elli ein Zeichen und blickte zu Sepp, der aber nicht sofort reagierte. Er stand auf, stupste seinen Bruder an der Schulter und forderte ihn auf, mit ihm zusammen noch eine Flasche Wein zu holen. Elli verschwand hinter den beiden in der gleichen Tür. Lisa blickte zu Sarah und Jonas. Die beiden hatten die Kopfhörer schon längst weggelegt und ihr zugehört. Wie sie händchenhaltend, etwas aneinander gekuschelt auf der Eckbank saßen, war für Lisa der Anlass an die Träume ihrer Jugend zu denken. Sie blickte in das Kaminfeuer und sah Bilder von Stefan. Sie dachte nicht mit Wehmut daran, jetzt wo alles vorbei war. Sie dachte mit den Gefühlen von damals einfach an die Träume, unabhängig von der Person. Tom, Sepp und Elli kamen wieder herein. Sepp schenkte die Gläser nach und Tom legte ein Buch neben Lisa auf den Boden. Sie blickte auf den Umschlag und erkannte seinen Namen darauf. Sie las den Titel. Folge dem Sehnen Deines Herzens.

»Hast Du ein Buch geschrieben?« Fragte sie ihn.

»Ich habe meine Geschichte, meine Erlebnisse und meinen Weg einfach aufgeschrieben. Ich konnte so am besten verarbeiten, was geschehen ist. Und heute muss ich sagen, es war die beste Entscheidung, die ich je getroffen habe.«

»Das Buch zu schreiben?« Lockte Lisa ihn aus der Reserve.

»Von der Frau wegzugehen,« fügte Maria hinzu. »Sie hat

ihn eingesperrt. Nicht körperlich, aber er war nicht mehr Tom. Er war ein gestresster, schlecht gelaunter Mensch. Jetzt ist er zwar so verträumt wie er zuvor schon war, aber eben er selbst, wie ich ihn kenne.«

»Meine Kinder kann ich besuchen oder sie kommen in den Ferien zu mir. Das ist seltener als mir recht wäre, aber ich verliere sie nicht, weißt Du?« Toms Stimme klang sentimental.

»Wie lange ist das jetzt her?« Fragte Lisa nach.

»Vier Jahre bin ich jetzt getrennt und zweieinhalb Jahre geschieden.«

»Denkst Du noch oft daran?« Lisa tastete sich langsam vor.

»Nein, ich hab' mit meiner Exfrau ein prima Verhältnis. Wir können reden, sie hat sogar auch das Buch gelesen, manches Mal besuche ich meine Kinder und kann dort übernachten. Alles ganz ruhig und entspannt. Eigentlich hatte ich eine glatte Trennung, die sich mancher wünschen würde.« Toms Stimme klang zufrieden und überzeugend.

»Ich bin vor zwei Monaten geschieden worden,« erzählte Lisa. »Wir hatten im Vorfeld alles geklärt, Scheidungsfolgenvereinbarung, Rente, Unterhalt und Sorgerecht. Dann ging alles in zehn Minuten.«

»Ja, das geht schneller als die Hochzeit,« erwiderte Tom.

»Magst Du wieder heiraten?« Fragte Lisa. Tom nahm sein Buch, blätterte in den Seiten und las laut vor:

Ich liebe den Delphin, der im freien Meer ganz seiner Bestimmung nach lebt. Ich darf ihn einfach nicht in einen Käfig sperren, weil ich ihn haben will. Das ist anmaßend und er verkümmert, zu etwas, was ich nicht lieben kann. Wenn er kommt, weil ich ihn lasse, bin ich glücklich, dass er mir diese Momente schenkt. Und ich schenke ihm, was ich gerne gebe, weil er es nicht erwartet. Und er schenkt mir diese Momente, weil ich sie nicht erwarte.

Alle im Raum waren still und lauschten Toms Worten. Lisa blickte ihn an, sah ihm tief in die Augen und küsste ihn. Lisa hatte so lange nicht mehr geküsst, dass sie ganz verunsichert war. Aber sie wollte ihren Kopf nicht bewegen. Die aggressive, langweilige Art von Stefan war ihr noch im Gedächtnis. Nein, sie wollte nicht so küssen, wie er es ihr aufgezwungen hatte. Sie wollte so küssen, wie sie es am liebsten mochte. Aber wie ging das denn? Sie ließ sich in die Gefühle fallen, die sie spürte. Ihre Gedanken begannen nur noch das zu denken, was gerade passierte und auf einmal spürte sie es. Die Antwort auf ihre Bewegungen. Zaghaft, ganz vorsichtig sprachen ihre Lippen miteinander. Tom küsst so weich, so zärtlich, nicht fordernd, nicht begierig, dachte sie. Es mussten Minuten vergangen sein, als sie sich langsam und behutsam löste. Immer noch ganz nah vor Toms Gesicht, fragte sie ihn schließlich ganz leise: »Wer bist Du?«

»Das weißt Du doch,« antwortete er fast flüsternd und bewegte seinen Kopf langsam hin und her. »Nicht, wer bist Du? Vielmehr wo warst Du?« Fragte er.

»Auf dem Weg,« sagte sie. Lisa fühlte sich verstanden. Ein Mensch, der sie mit wenigen Worten so tief berührt, der so sanft und trotzdem voller Lebensfreude einfach in ihr Leben schneit. So fremd und doch vertraut. Beide saßen lange da und schwiegen. Die anderen waren mittlerweile auch still geworden und Lisa sah fragend zu Anna hinüber. Beide saßen da, sie mit Sepp, händchenhaltend und schauten in ihre Weingläser. Sepp hatte den Arm um Anna gelegt und sie schien langsam in seine Richtung zu sinken. Maria drehte sich zu den Kindern um.

»Kommt's ihr Lieben, wir werden jetzt mal die Jungen Leute alleine lassen. Gute Nacht zusammen!« Nach einigen

Minuten des Schweigens holte Tom Luft und streckte sich ein wenig.

»Lisa, Anna. Darf ich euch etwas erzählen? Nur erzählen. Ihr hört einfach nur zu und braucht auch nichts dazu zu sagen, ja?« Beide nickten gespannt und sahen zu Elli hinüber, die lächelte und zustimmend die Augenlider schloss. »Vorhin hat Lisa erzählt, wie ihr an der Ostsee ein Haus anschauen wolltet. Für eure Hundepension. Ich weiß, oder vielmehr, wir wissen, dass heute alles etwas...« Er unterbrach sich selbst. »Ich fang anders an. Elli baut mit Max ein eigenes Haus. Eigentlich war das Haus neben diesem hier für sie gedacht. Ich wohne in Dachau und Sepp wohnt seit der Vater nicht mehr lebt, hier im Haus.« Anna hatte den Kopf auf Sepps Schulter gelegt und richtete ihn wieder auf. Dieser blickte sie an und fuhr fort.

»Tom meint, das Haus ist zu vermieten. Wir meinen, Ihr solltet das wissen, wenn ihr euch auch nach anderen Häusern umschaut.« Tom drehte sich zu Lisa.

»Das klingt jetzt hoffentlich nicht wie ein Überfall.«

Lisa schüttelte den Kopf. »Nein, ganz und gar nicht. Aber offen gesagt, es kommt zu schnell. Wir können noch nichts sagen. Versteht ihr das?« Entgegnete sie. »Aber ich bin froh, dass ihr uns das erzählt habt. Wäre ja ungeschickt, wenn wir uns jetzt ein Haus am anderen Ende der Republik suchen würden.« Sie lachte über ihre letzten Worte und nahm Tom in den Arm. Lisa stand auf und ging zu Anna und Sepp. Sie bat ihn um seinen Platz, setzte sich neben Anna und nahm sie in den Arm.

»Ich muss Dir etwas gestehen, Süße,« sagte sie. »Die Idee gefällt mir. Was meinst Du?« Anna blickte in die Runde. Sie kannte keinen wirklich. Ihr Gefühl aber schrie ein lautes Ja in die Welt. So laut, dass sie ganz still wurde. Elli kam auch hinzu.

»Wir sind ganz fremde Leute. Aber das, was ich gerade sehe und spüre, ist Freundschaft und...« Sie schaute zu Sepp und dann wieder zu Anna. »...Zuneigung. Darum haben wir euch das erzählt. Nur erzählt.« Sie nahm Annas Hand.

»Ich fühle mich auch nicht unter Druck gesetzt. Lasst uns die Neuigkeiten mal verarbeiten, ja?« Meinte Anna und zog Sepp wieder neben sich. Lisa spürte Sepp und wich zur Seite. Sie zögerte einen Moment und blieb neben ihm sitzen. Er hatte eine ähnliche Ausstrahlung wie Tom. Lisa verspürte ein angenehmes, friedliches Gefühl. Ungleich maskuliner als Tom, viel kräftiger, aber dennoch sanft und behutsam schien dieser Mann zu sein. Sie setzte sich wieder zu Tom vor den Kamin und drehte sich eine Zigarette. Tom hatte sich an den Ohrensessel gelehnt und blies seinen Rauch hoch in die Luft. Er sah den Schwaden zu, wie sie durch die frische Luft des offenen Fensters verwirbelt und schließlich nach draußen in die Nacht getragen wurden. »Darf ich Dein Buch haben?« Fragte sie ihn.

»Es ist für Dich. Damit Du mich verstehst und weißt, warum ich bin, wie ich bin,« erwiderte er. Elli und Max saßen eng umschlungen fast neben Lisa. Elli blickte über Max' Schulter zu ihr und lächelte.

»Diese Familie ist komisch, weißt Du?« Begann sie. »Niemand hat seinen Partner normal kennen gelernt. Also mit Verabredung und Einladung oder so. Meine Mutter hat meinen Vater im Krieg, fast noch als Kind, gefunden. Er war ohne Eltern und fast verhungert. Sie hat ihn mit nach Hause genommen. Jahre später haben sie sich dann verliebt, aber mein Vater hat erzählt, dass war eh' schon alles vorbestimmt.« Sie lächelte Max an. »Und dieser nette Herr hier neben mir,« sie lachte im Satz, »der hat mich einfach von meiner Maschine geholt. Wir hatten einen Unfall.« Sie streichelte ihrem Mann über den Kopf. »Er hat mich aufgehoben, war nicht schlimm damals, dann hat er mich zu seinem Auto getragen, mich auf die Rückbank gelegt und ins Krankenhaus gefahren. Er war die ganze Zeit bei mir.« Ellis Stimme wurde sentimental. »Nachts, als ich aus der Narkose aufgewacht bin, ich hatte mir das Bein gebrochen, sah ich ihn immer noch da sitzen. Er kam zu mir ans Bett und hat ganz leise um Entschuldigung gebeten.« Elli hatte den gleichen Blick wie Tom und Sepp. Verträumte, Lebensfrohe Augen. »Ich habe mich so in ihn verliebt.« Sie seufzte dabei und trank ein Schluck aus ihrem Glas. »Na ja. Nur Tom wollte nicht hören und hat das immer generell abgelehnt. Oder er war in die Arbeit vertieft. Das hatte er dann davon, hihi,« Elli neckte ihren Bruder damit.

»Wie war das bei Dir?« Wollte Lisa wissen.

Tom holte Luft und drückte seine Zigarette aus. »Ich habe meine Exfrau im Büro kennen gelernt. Verabredung, Einladung, all' das, was Elli meinte. Wir haben geheiratet, Kinder bekommen und dann war ich nicht mehr da.«

»Bist Du weggegangen?« Fragte Lisa.

»Nein, ich war nur unter ihren Wünschen, Erwartungen und Forderungen nicht mehr zu sehen. So habe ich das gemeint. Schwer zu erklären...«

Lisa legte ihren Finger auf seine Lippen. »Ich kenne das. Du fragst Dich, wer Du eigentlich bist, was Du gedacht hast und wo das alles geblieben ist, was Du mal als Deine Träume bezeichnet hast,« fügte sie hinzu. »Wenn ich Dein Buch lese, erfahre ich ja die Geschichte, oder?«

Tom grinste. »Eigentlich ist das das schwachsinnigste, was man tun kann. Man lernt jemanden kennen, drückt ihm ein Buch in die Hand und sagt lies, dann kennst mich.« Stellte er fest.

»Gar nicht,« entgegnete Lisa. »Ungewöhnlich, aber nicht schwachsinnig.«

Tom lächelte. »Wenigstens weißt Du dann, dass ich ein Prinzip habe. Ich sage, was ich denke...«

Lisa unterbrach ihn. »...und tust was Du sagst.«

»Damit Du mich auf meinem Weg begleiten kannst...« Er machte eine Pause und blickte Lisa in die Augen.

»...wenn Du möchtest.« Fügte sie hinzu. Lisa schmiegte sich ganz dicht an Tom, schloss die Augen und genoss seinen Atem, den sie auf ihrem Arm spürte. Wie war das möglich? Das, was sie sich erträumt hatte, war Wirklichkeit. Sie spürte ihn, sie konnte ihn riechen, sie konnte noch immer seinen Kuss auf ihren Lippen spüren. Sie blickte zu Anna hinüber und sah die beiden eng umschlungen, immer noch sitzend aber doch eher einander erkundend und empfand ein Gefühl der Wärme und Geborgenheit, dass vorher lange Zeit in den meistens gar nicht so beeindruckenden Eindrücken des Ehealltags verloren gegangen war. Tom streichelte ihren Arm so sanft, wie es sonst nur Anna vermochte. Es war immer noch kein begehrendes, forderndes Gefühl seinerseits, sondern ein behutsames, sanftes, einladendes Berühren. Lisa verspürte Angst vor intimeren Wünschen. Die Erlebnisse mit Stefan hatten in ihr einiges zerstört, was immer noch nicht ganz geheilt war. Aber Tom gab ihr nicht das Gefühl, dass sie sich darüber Sorgen machen musste. Sie fühlte sich ganz nah bei sich selbst, obwohl sie ihm so nah war. Lisa verspürte Müdigkeit, wollte aber die angenehme Stimmung nicht zerstören. Elli sah zu ihr und musste das gesehen haben. Die beiden verabschiedeten sich leise und brachen auf. Lisas Herz war zerrissen. Einerseits wollte sie gerne neben Tom einschlafen, andererseits war die Angst, die sie verspürt hatte deutlich in ihr. Ich sage, was ich denke, ging ihr durch den Kopf.

»Tom,« flüsterte sie, um Anna und Sepp nicht zu stören. »Ich bin sehr müde und würde gerne in Deinem Arm einschlafen. Nur in Deinem Arm liegen, das wäre mir am liebsten. Ich habe Angst vor mehr...«

Diesmal legte Tom seinen Finger auf ihre Lippen. »Ich verstehe Dich. Komm.« Sie gingen in das Appartement und schlichen durch die vorderen Zimmer ins Schlafzimmer. Tom nahm Lisa in den Arm und bedankte sich für den schönen Abend. Dann zog er seine Jeans aus und legte sich ins Bett. Lisa war erleichtert und legte auch ihre Jeans ab. Mit Slip und T-Shirt bekleidet lagen beide eng umschlungen da. Sie küsste Tom ganz sanft und legte dann schnell ihren Kopf auf seine Brust. Lisa spürte Toms Herz klopfen. Sein Atem war tief und ruhig.

»Wir nehmen Euer Angebot an,« flüsterte sie.

»Du hast doch gar nicht mit Anna gesprochen?« Tom flüsterte mit so tiefer Stimme, dass Lisa die Vibrationen seiner Brust spürte.

»Aber ich habe in ihre Augen gesehen.«

Lisa erwachte von selbst. Die helle Sonne blinzelte ins Zimmer und sie fühlte sich herrlich. Draußen hörte sie bereits die Kinder. Lisa sprang aus dem Bett, hüpfte schnell unter die Dusche und zog sich an. Als sie auf dem Hof stand, kam Kathi sie begrüßen und fing zu erzählen an. Jo hatte ihr den ganzen Hof gezeigt, er musste wohl bei seiner Oma geschlafen haben, weil Elli und Max nicht da waren. Kathi konnte gar nicht aufhören zu erzählen. Immer mehr Dinge fielen ihr immer schneller ein. Sie erzählte vom Frühstück mit Maria, dass Jonas mit Sepp beim Pflügen war und Anna bei Maria in der Küche.

»Kathi, mach' mal langsam, ich kann das alles gar nicht aufnehmen,« bremste Lisa.

150

»Deine Mutter hat doch noch Zeit, alles anzuschauen,« meinte Tom, der in der Tür zum Hof stand. Er hatte zwei Kaffeetassen in der Hand und streckte Lisa eine hin.

»Guten Morgen, ich wollte Dich schlafen lassen,« lächelte er und Lisa nahm ihm die Tasse ab. Jo kam um die Hausecke gerannt.

»Wollen wir den Stall von der Sau sauber machen?« Fragte er an Kathi gewandt, die fragend Lisa anschaute. Jo hatte eine mitreißende Energie und Lisa bat nur, die Kleidung von gestern anzuziehen.

»Ich wollte mal nach Rob und Lucy schauen,« wandte sich Lisa an Tom. Sie nahm ihn an der Hand und küsste ihn. »Fehlt mir,« hauchte sie leise. Tom schmunzelte und beide gingen zu den Hunden.

»Dort hinten, bei dem anderen Haus ist eine freie Wiese. Die ist umzäunt, da können wir sie schön laufen lassen,« meinte Tom. Als sie mit den Hunden spielten und beobachteten, wie sie über das Gras liefen, sah Lisa Tom aufmerksam zu. Er spielte mit Leila, sie mit Rob und Lucy und wurde von beiden abwechselnd beschäftigt.

»Du magst Hunde, nicht wahr?« Fragte sie schließlich. Leila und Lucy begannen sich gegenseitig zu jagen.

»Lauf, mein Guter.« Sagte Lisa und schickte Rob hinterher. Als sie Tom in den Arm nahm und ihn fest drückte, sah sie das Haus, welches zu vermieten war. Es war ein kleines, nicht ganz neues, aber auch nicht abstoßend altes Gebäude. Sie schätzte es auf 6 Zimmer, es gab einen breiten Balkon, eine Terrasse und einen gesonderten Stall, der aber recht klein erschien. Lisa drehte sich in Richtung der laufenden Hunde und sah die ganze Weite des Grundstücks.

»Ja,« antwortete Tom schließlich, »ich mag Hunde. Sie sind Schauspieler. Wenn man das weiß, kommt man prima mit ihnen klar.« Lisa war erstaunt über seine Kenntnis. Hunde zeigten, was sie fühlten, aber sie hatten ihre eigene Sprache, die man verstehen musste, um sie nicht falsch zu deuten, was immer wieder dazu führte, dass Besitzer mit ihren Tieren nicht klar kamen.

»Sie sind kein Menschenersatz,« fügte sie hinzu.

»Aber sehr treue Freunde,« ergänzte Tom. Er setzte sich auf einen Holzbock und drehte sich eine Zigarette. Er drehte einen Filter mit hinein und zog sein Benzinfeuerzeug aus der Jeans. Sein Blick fiel auf Lisas Hände, die auch gerade nach ihrem Tabak griff. Als sie mit dem Drehen fertig war, gab er ihr Feuer. Dabei sah Lisa das Feuerzeug genau an. Ein Adler, der sich in die Lüfte erhob, war darauf eingraviert.

Anna kam über den Weg gelaufen und an ihrem Gang konnte Lisa bereits erkennen, in welcher Stimmung sie war. Die letzten Meter setzte Anna zum Spurt an und sprang über den Zaun.

»Guten Morgen, Lisa! Hallo Tom!« Rief sie. »Kann ich eine Zigarette von Dir haben?« Lisa gab ihr den Tabak. Als Anna den Rauch ausblies, merkte Lisa, dass in ihrer Freundin etwas vorgegangen sein musste. »Ich habe das Haus schon von innen gesehen, Sepp hat es mir gezeigt.« Anna blickte Lisa in die Augen. Lisa kannte diesen Blick, aber er war nicht so geblendet euphorisch wie sonst, wenn Annas Pferde mit ihr durchgingen. »Es steckt noch jede Menge Arbeit drin,« ergänzte Anna.

Lisa ging einige Schritte mit Anna über die Wiese. Tom hielt sich zurück und blieb auf dem Holzbock sitzen. Die Hunde sprangen um ihn herum, da er einige Belohnungen verteilte, jedoch nicht, ohne jedem der Tiere eine kleine Aufgabe zu stellen. Lisa beobachtete das, während Anna erzählte.

»Ich kann Dir gar nicht sagen, wie toll ich geschlafen habe,« sprudelte sie hervor. »Seit unglaublich langer Zeit fühle ich mich wie neugeboren, wie kommt das nur?«

Lisa lachte.

»Wie war denn Deine Nacht?« Erkundigte sich Anna.

Lisa nahm Annas Hand und drückte sie. »Ich habe etwas Angst, weißt Du? Ich wollte nur in Toms Arm einschlafen, sonst gar nichts.« Sie drehte sich um und legte ihren Arm um Anna. »Aber wunderschön,« fügte sie lächelnd hinzu.

Gemeinsam blickten sie auf das Treiben der Hunde, sie sahen den anderen Hof, die Kühe auf der Weide. Hinter dem großen Stall schob Kathi eine Schubkarre und im Hintergrund sahen sie das kleine Dorf, eingebettet in die Hügel der Landschaft. Lisa drehte sich zu Anna, sah ihr tief in die Augen und drückte sie fest an sich.

»Ich glaube, Süße, viel müssen wir nicht mehr besprechen.«

Sieben Jahre später

Lisa klappte ihr Tagebuch zu und verstaute es zusammen mit ihrem Kugelschreiber in ihrem Rucksack. Sie sah in die Brandung des Meeres und weinte. Ihre Tränen schmeckten nach Salz. Der Wind wehte ihre Haare in ihr Gesicht und sie verklebten sich mit den Tränen. Die salzige Luft hatte sie über die letzten Stunden, die sie am Strand verbracht hatte, so strohig werden lassen, dass Lisa sich einen Zopf band, ihn unter den Parka steckte und diesen bis oben schloss. Sie erinnerte sich an den Moment, als Rob seine Schnauze in die Tasche dieses Parkas gesteckt hatte, um sich eine Belohnung zu stibitzen. Gleich darauf hatte sie die Tür des Hauses, in dem sie mit Stefan gelebt hatte, geöffnet, Frau Kleinschmidt hatte Lucy und Herr Kleinschmidt Futter dabei. Jetzt konnte er seine Schnauze nicht mehr in die Tasche stecken. Lisa blickte in den Himmel. Wieder schüttelte sie ein Weinkrampf. Eine Hand hielt ihr ein Taschentuch entgegen. Lisa blickte auf und sah einen Mann vor ihr knien.

»Is everything ok, Lady?«[*1] fragte er. Sie nickte und nahm dankend das Taschentuch.

»Yes, thank you, everything ok,«[**2**] sagte sie und schluckte die letzten Tränen hinunter. Der Mann schaute sie skeptisch an.

»I want you to leave, it's getting dark and the the tide is gonna get you, M'am.« Lisa verstand Englisch ganz gut und damit die Aufforderung, den Strand zu verlassen, weil es dunkel wurde und die Flut kam. Der Mann beobachtete noch, ob sie ihm Folge leisten würde, ging einige Meter vor ihr her und drehte sich ab und zu um. Sie ging zu ihrem

---

1 [*]Ist alles in Ordnung, meine Dame?
2 [**]Ja danke, alles ist in Ordnung.

Leihwagen und fuhr in Richtung ihres Hotels. Auf dem Weg sah sie ein Restaurant und beschloss, ihren Magen mit einigen Dingen zu beschäftigen. Es war ein lang gezogenes Restaurant, am Fenster befanden sich einige Tische. Durch das ganze Restaurant ging eine lange Bar, an der einige Männer an ihrem Bier saßen. Lisa nahm an einem der Tische Platz, bestellte sich etwas, aß ein wenig, ließ den Rest stehen und verließ das Restaurant wieder. Als sie in ihren Wagen einstieg, sah sie den Mann vom Strand an der Bar sitzen. Er beobachtete sie mit einem strengen Blick, der sie einschüchterte. Lisa fuhr schnell in ihr Hotel, zog sich aus und nahm eine Dusche. Das warme Wasser wärmte sie wieder auf. Erschöpft sank sie in ihr Bett und schlief sehr schnell ein. Am nächsten Tag fuhr Lisa wieder in Richtung des Strandes. Sie hatte den anderen Teil der Küste im Westen Kanadas noch nicht erforscht und wollte dort, wo sie am Vortag gesessen hatte, anfangen und in die andere Richtung laufen. Auf dem Weg kaufte sie sich ein paar Lebensmittel und Taschentücher. Als Lisa am Strand lief, zog sie ihr Handy aus der Tasche und kontrollierte, ob Nachrichten angekommen waren. Jonas berichtete kurz, dass alles in Ordnung sei und fragte nach ihrem Zustand. Lisa schrieb zurück, dass er sich keine Sorgen zu machen brauchte und bei Kathi nachfragen sollte. Sie verließ den Weg am Strand, zog ihre Schuhe und Strümpfe aus, krempelte die Hosen etwas höher und stöhnte kurz, als das eiskalte Wasser ihre Füße berührte. Ihr Handy klingelte erneut. Lisa las die Nachricht und lächelte fast unmerklich. »Mach Dir keine Sorgen, Mami, ich hab' Dich ganz doll lieb.« Schrieb Kathi. Lisa schrieb Sepp eine Nachricht, dass sie gut angekommen war. Sie hatte den armen Kerl ganz vergessen. Aber er hatte auch die Telefonnummern von Jonas und Kathi. Sie unterdrückte das aufkommende

Schuldgefühl, sich nicht gemeldet zu haben, und spazierte den Strand weiter entlang. Auf dieser Seite des Strandes waren keine Menschen. Lisa drehte sich um und bemerkte warum. Es war wesentlich steiniger und der eigentliche Strand war nur sehr schmal. Links von ihr stiegen steile Klippen empor. Etwas weiter entfernt sah Lisa eine interessante Felsformation, die sie anschauen wollte. Nach einiger Zeit bemerkte sie hinter sich ein sich näherndes Fahrzeug. Sie drehte sich um, sah einen Pick-up, der ganz langsam den Strand in ihre Richtung fuhr. Der Wagen gab Lichtzeichen. Sie blieb stehen und wartete, bis der Pick-up sie erreicht hatte. Der Fahrer stieg aus. Lisa erkannte den Mann vom Vortag, der sie vom Strand vertrieben und im Restaurant so streng beobachtet hatte.

»Can you read the signs?«[1] fragte er. Lisa sah sich um und blickte auf ein Warnschild, das sie wirklich übersehen hatte. Beware of tidal range[2*], stand dort geschrieben.

»Entschuldigung,« antwortete sie verschüchtert.

»I want you to go back to the other part of the beach, M'am. The rising tide is flowing in and it's dangerous for you within this area.«[3*]

Er stieg in seinen Wagen, wendete ihn auf dem schmalen Stück und fuhr langsam wieder zurück. Lisa zog ihre Strümpfe und Schuhe wieder an. Ihre Füße waren mittlerweile zu bläulich schimmernden, gefühllosen Extremitäten geworden, die nicht mehr zu ihr zu gehören schienen. Als sie an der Stelle, an der sie am Vortag gesessen hatte, angekommen war, machte sie Rast und holte sich etwas zu Trinken aus dem Rucksack. Sie hatte sich

---

1 [*]Können Sie die Schilder lesen?
2 [**]Vorsicht vor dem Tidenhub
3 [**]Ich möchte, dass sie zurück zum anderen Teil des Strandes gehen.
Die Flut kommt und es ist gefährlich für sie in diesem Bereich.

Bagels gekauft und aß einen davon. Lieblos kaute sie an dem teigigen Etwas und nippte an ihrer Cola. Dann drehte sie sich eine Zigarette, zündete sie an und drehte das Feuerzeug in ihrer Hand. Sie betrachtete den eingravierten Adler. Es war Toms Benzinfeuerzeug, mit dem er ihr damals auf der Wiese Feuer gegeben hatte. Er hatte es ihr zum Abschied geschenkt. Lisa dachte an seine Stimme, seine zarten Hände und seine liebevollen Küsse. Ihre Augen wurden feucht, eine Träne wollte sich den Weg bahnen, sie unterdrückte aber das Gefühl und atmete tief durch. Sie blickte in die Gischt der Wellen, die an den Strand liefen. Hier war der Strand breiter, aber flacher. Die Flut würde ihr hier nichts anhaben können und so blieb sie sitzen und dachte an Tom. Die letzte Begegnung war nun drei Jahre her. Es war zu einem traurigen Anlass. Sie hatten Abschied von Maria genommen und Tom war nicht bei sich selbst. Es war fahrig und durcheinander, erzählte immer wieder von seinen Träumen und seiner Vergangenheit. Lisa hatte in den vier Jahren bis zu jenem Zeitpunkt viele Gespräche mit ihm geführt. Schöne und weniger Schöne. Interessante und Uninteressante. Viele Stellen aus seinem Buch kamen ihr immer noch sehr weise vor, andere Dinge mittlerweile nicht mehr. Seine Ansichten waren ehrenhaft, aber leben konnte er sie nicht wirklich. Er war verirrt in seinen philosophischen Exkursionen, die er bei jeder Gelegenheit unternahm. Es war anstrengend gewesen ihm zu folgen, weswegen sie nur zwei Jahre nach ihrer ersten Begegnung einen gewissen Abstand gebraucht hatte. Lisa lächelte ein Lächeln der Verzweiflung. Es waren zwei wundervolle Jahre mit Tom gewesen, der Bauernhof, die Hundeschule, viele Träume wurden damals Wirklichkeit. Aber als Tom arbeitslos geworden war, eine Arbeit in einer anderen Stadt angenommen hatte und sich immer mehr von ihr entfernte, wurden die weiteren zwei Jahre, die sie noch gemeinsam verbrachten, immer komplizierter. Sie hatte ihm das gesagt und er hatte es ihr vorgeworfen. Damals hatte sie ihn gefragt, was denn aus dem Satz – ich sage, was ich denke und tue, was ich sage – geworden war, aber er hatte nur gelächelt und gemeint, er müsse seinen Weg gehen. Die Fernbeziehung fügte aber leere Augenblicke voller unerfüllter Sehnsucht in Lisas Leben. Manches Mal tauchte er noch auf, um seine Mutter und Sepp zu besuchen, was aber immer seltener geworden war. Er verkroch sich in einer fremden Stadt, in seiner Höhle, zu der auch Lisa immer seltener Zugang fand. Dann schließlich, als sie mit ihm wieder einmal in einer bezaubernden Liebesnacht in Gefühlen versunken gewesen war, hatte Lisa von ihm Abschied genommen. Er hatte es nicht richtig verstanden, ihren Schmerz über die wundervollen Gefühle, aber die immerfort größer werdende Distanz, die er aufbaute, konnte er nicht nachvollziehen. Damals hatte Lisa zum ersten Mal das Gefühl, er hatte sie nur ausgenutzt. Das war Gift in ihrer Beziehung und es endete in Feindschaft. Er konnte nicht verstehen, warum sie dieses Gefühl nicht loslassen konnte. Er hatte sich nie zu einer richtigen Beziehung bekannt, wollte aber die körperliche Nähe einer Ehe. Lisa bestand damals nicht auf einer Heirat, wollte aber wissen, zu wem sie gehörte und das auch deutlich machen. Sie wollte spüren, was eine Beziehung sein kann und nicht ihren eigenen oder Toms Träumen hinterher weinen. - Lebe -, hatte Sie Tom oft gesagt. - Lebe doch endlich. Mit mir, wovon Du schon ewig erzählst, wovon Du träumst. Stattdessen verkriechst Du Dich in Deinen Gedanken. - »Männer,« schrie Lisa in die Brandung. Sollte sie als enttäuschte, alternde, mittlerweile grau werdende Frau enden? Egal, dachte sie. Es war doch wirklich egal. Gibt es mit Zweiundvierzig noch Hoffnung? Lisa drehte sich um und suchte die Orientierung. Mittlerweile war es Mittag vorbei, die Lebensmittel reichten noch und der Tabak ging ihr erst in einer Woche aus. Ihr Handy summte leise und Lisa sah auf den kleinen Bildschirm. »Ich habe die Aufnahmeprüfung bestanden!« Stand dort geschrieben. Lisas Augen wurden feucht. Eine kleine Träne kullerte ihre Wange hinunter. »Ich wusste es, meine Kleine!« Schrieb sie zurück. Lisa drückte etwas in den Oberschenkel. Sie versuchte es vom Fels, auf dem sie saß, wegzunehmen bemerkte aber, dass es etwas in ihrem Parka war, auf dem sie saß. Etwas im hinteren Futter. Sie drückte es nach vorne, griff in die Tasche, bemerkte ein Loch und bugsierte es mit den Fingern hindurch, bis sie es herausholen konnte. Es war eine Belohnung für Rob. Lisa umschloss den kleinen Kringel mit ihren Fingern und konnte sich nicht mehr halten. Sie weinte wieder so heftig, dass es sie schüttelte. Ihre Tränen schossen aus ihren Augen, dass sie fast Angst bekam. Aber sie konnte es nicht unterdrücken. Immer wieder schnappte sie kurz nach Luft, dann kam aber wieder ein Weinkrampf, der sie daran hinderte ruhig zu atmen. Erinnerungen an Rob, Annas Stimme, dem spielen mit den Hunden, die gemeinsame Zeit auf dem Bauernhof sausten durcheinander durch ihre Gedanken. Dann wurde es schwarz. Lisa nahm noch einen dumpfen Schlag gegen ihren Kopf wahr, sonst nichts mehr.

Als sie erwachte, sah Lisa sich um. Es war ein kahler Raum, in dem sie sich befand. Sie lag auf einer Art Liege, durch das Fenster konnte sie sehen, dass es sich um ein kleines Gebäude in dem Ort handelte, wo sie das Hotel hatte. Sie richtete sich auf, blickte nach draußen und erkannte im Hintergrund die Küste. Ihre Füße waren in dicken Socken eingepackt, die nicht ihr gehörten aber schön wärmten. Ihr Parka lag auf einem Stuhl, darunter standen ihre Schuhe. Ein Glas und eine Karaffe mit Wasser standen auf einem Tischchen daneben. Lisa stellte sich hin und prüfte ihre Stabilität. Ihr Kopf war schwer und täuschte ihr Bewegungen vor, die die Umgebung aber unmöglich machen konnte. Sie setzte sich auf den Stuhl und goss sich ein Glas Wasser ein. Sie hatte Durst. Unglaublichen Durst. Nach dem zweiten Glas blubberte es in ihrem Bauch und sie beschloss, ihre Schuhe anzuziehen, um zu erkunden, wo sie war. Langsam ging sie in Richtung der Tür, die sich unverhofft öffnete und eine etwas untersetzte Frau in ihrem Alter auf sie zukam.

»Are you ok, honey?« Fragte diese.

»Ja, ich bin in Ordnung,« sagte Lisa. »Aber wo bin ich?« Die Frau verstand sie nicht und erzählte etwas auf Englisch, was Lisa im Moment überhaupt nicht verstand. Sie berührte Lisas Kopf und sprach in ruhigem, freundlichen Ton zu ihr. Lisas Gedanken klärten sich langsam und sie begriff, dass sie immer noch in einem fremden Land mit fremden Menschen war.

»What happened?« Fragte Lisa nach den Geschehnissen der letzten Minuten.

»Lenny just got you here. He found you at the beach, that's what he told me,« klärte die Frau Lisa auf. Sie trug einen weißen Kittel und M.D. Forrester war auf ihrem Namensschild zu lesen. Ein gewisser Lenny hatte sie also hierher gebracht, dachte Lisa und überlegte, ob M.D. medical doctor, also Ärztin, bedeutete. Die Ärztin forderte Lisa auf, ihren Ärmel hochzukrempeln, weil sie ihr eine Spritze geben wollte. Lisa lies alles über sich ergehen und wurde langsam immer wacher. Sie griff nach ihrem Kopf, er schmerzte und eine kleine Kruste war an einer Stelle. Die Ärztin nahm ihre Hand von der Wunde.

»That's just a little scratch. Does it hurt?«

Lisa nickte.

»Do you want some Coffee?« Fragte eine andere Stimme. Lisa drehte sich um und sah in der Tür eine junge Frau, ebenfalls in Weiß gekleidet mit einem kleinen Tablett und einer Tasse Kaffee darauf.

»Yes, please, and a cigarette,« antwortete sie.

Beide Frauen schauten sie verblüfft an, aber lächelten ein bisschen irritiert.

»Whatever makes you happy, honey,« stellte die Ärztin fest. »I'm not here to babysit you. Whenever you feel ok, you can leave.« Ihre Stimme wurde kühl und sachlich. Lisa hatte verstanden, dass die Ärztin sich nicht als ihre Babysitterin vorkommen wollte und sie gehen durfte, wenn sie wollte. Lisa zog Ihre Schuhe an, nahm ihren Parka und ihren Rucksack und ging mit der Tasse Kaffee in der Hand hinter den Damen her zum Vorraum der Praxis. Es war ein winziges Gebäude. Eine Art Miniaturkrankenhaus mit wenigen Zimmern. Sie wollte gerade fragen, wie die Rechnung zu begleichen wäre, da ging die Tür auf und der Mann vom Strand, der sie schon mehrmals zurechtgewiesen hatte, stand im Vorraum.

»Madeleine, put the bill on me. How is she doing?« Fragte er an die Ärztin gerichtet.

»Everything's ok, so far. She should drink and eat a little bit more,« entgegnete sie ihm und lächelte Lisa an. »Didn't you feel hungry?« Wandte sie sich an Lisa, die verstanden hatte, dass es um Essen und Trinken gegangen war. Der Mann kam auf Lisa zu und stellte sich vor.

»Ich bin Lenhard White,« sagte er in fast akzentfreiem Deutsch. »Aber alle nennen mich Lenny,« fügte er hinzu.

»White?« Fragte Lisa und sah den Mann, der einen deutlichen indianischen Einfluss in seinem Äußeren hatte, verdutzt an.

»Ja, White.«

»Ich bin Lisa Norman,« stellte sich Lisa vor und gab ihm die Hand. »Wie haben sie mich gefunden, wieviel bin ich ihnen schuldig und können sie mich zu meinem Wagen fahren?«

»Für jemand, der eben noch bewußtlos im Sand lag, stellen sie aber viele Fragen, kommen sie,« sagte Lenny und verabschiedete sich von der Ärztin. Lisa bedankte sich herzlich bei den beiden Frauen, trank ihren Kaffee aus und verabschiedete sich ebenfalls. Lenny steckte sich vor dem Haus eine Zigarette an und bot Lisa eine an. Sie nahm gerne an und suchte nach ihrem Feuerzeug.

»Ich muss es verloren haben,« meinte sie. »Unten am Strand.«

»Na, dann schauen wir mal,« sagte Lenny und stieg in seinen Pick-up. Als Lisa neben ihm im Wagen saß, bemerkte sie, dass ihre Brieftasche nicht mehr im Rucksack war.

»Wenn sie das hier suchen, ich habe es an mich genommen,« sagte Lenny trocken und sah sehr streng aus.

»Sind sie wahnsinnig, soviel Geld mit sich herumzutragen?« Lisa sah in die Brieftasche.

»Es ist noch alles da. Sie müssen mir einiges erklären. Touristen machen zwar hier in der Gegend einigen Blödsinn, aber es kommt nicht so oft vor, dass ich eine äußerst attraktive, fast leblose Frau mit 10.000 Dollar in der Tasche am Strand finde.«

Lisa schluckte. Lenny hatte ihre Situation treffend beschrieben. Sie schwieg und dachte darüber nach.

162

»Wie kommt es, dass sie so gut Deutsch sprechen?« Fragte sie, statt etwas zu erklären.

»Gut, Fragen statt Antworten. Verstehe. Welche Bank haben sie denn ausgeraubt und warum sind sie hier?« Entgegnete Lenny.

Lisa stockte. Ihre Situation war nicht gerade nachvollziehbar.

»Das geht Sie nichts an,« antwortete sie verängstigt. Lennys Blick war streng und zeigte keinerlei Gefühlsregungen. Er fuhr den Wagen auf den Parkplatz und Lisa sprang heraus. Sie ließ die Tür offen stehen und lief zum Strand. Ungefähr fünf Meter oberhalb der Stelle, an der sie gesessen hatte, blieb sie stehen. Das Wasser war bereits über ihren Rastplatz gestiegen und war einen Meter höher als der Boden, auf dem Lenny sie gefunden haben musste.

»War knapp,« sagte er. »Sie wollen dort unten jetzt aber nicht nach ihrem Feuerzeug suchen?«

Lisa sah ihn an und erkannte, in welcher Situation sie sich befunden hatte. »Danke, Lenny. Ich bin ihnen etwas schuldig. Ich erkläre ihnen alles, versprochen.« Sie beugte sich über den Rand der Böschung und sah auf den Fels, den sie sich vorher als Rastplatz ausgesucht und ob der Flut völlig unterschätzt hatte. »Manchmal verliert man Dinge...« Begann sie, »...und merkt erst dann, dass es einen Sinn hatte,« schloss Lenny ihren Satz. »Es geht mich nichts an Lisa, aber Sie haben in den letzten Tagen fast ausnahmslos da gesessen und geweint. Die andere Zeit haben Sie sich immer wieder in Gefahr gebracht.« Lisa hob die Augenbrauen.

»I'm not here to babysit you, ist es das was Sie meinen, Lenny?« Sie presste Ihre Lippen aufeinander und fuhr herum. »Ich kann gut auf mich selber achten. Was

bekommen Sie von mir für das Krankenhaus, Lenny?«
»Wir haben auf der Rangerstation einen Fond für erste
Hilfe, entschuldigen Sie bitte meine Frage, M'am.« Lenny
wandte sich ab und stieg in seinen GMC-Truck. Ein sehr
hoher Wagen mit Geländereifen und riesigen Stoßstangen.
Am Innenspiegel baumelte eine lange Feder. Lisa sah
Lenny in die Augen. »Ich kenne Sie doch gar nicht,...«
Lenny startete den Motor. »...aber im Augenblick kenne ich
mich selbst nicht mehr,« fügte Lisa unhörbar in das
Motorgeräusch hinzu. Der Lärm verstummte und Lenny sah
Lisa ernst an.

»I'm gonna keep an eye on you M'am,« antwortete Lenny,
startete den Motor erneut und fuhr langsam davon.

Lisa lies sich in ihrem Wagen nieder, atmete tief durch und
dachte über ihre Reaktion nach. - Heftig - ging es ihr durch
den Kopf. - Viel zu heftig - Lisa steuerte ihr Motel an und
parkte den Wagen vor dem Zimmer. Als sie ausstieg, drehte
sie sich um, wonach wusste sie nicht. »I'm gonna keep an
eye on you« Lennys Worte gingen Lisa durch den Kopf. Im
Zimmer suchte Sie nach einem Versteck für ihr Geld. - Ich
brauche keinen, der auf mich aufpasst - Lisas Antwort
schlich trotzig in ihrem Kopf herum. Nachdem sie kein
geeignetes Versteck fand, entschied sie sich, eine Bank
aufzusuchen, um ein Schließfach zu mieten. Unterwegs
wollte sie noch etwas essen. »... und merkt erst dann, dass
es einen Sinn hat«, wieder hörte sie Lennys Worte in Ihrem
Kopf widerhallen. Nachdem Sie im Nachbarort eine Bank
gefunden hatte, steuerte sie den Wagen zurück zum
einzigen Restaurant in dem kleinen Ort. Sie nahm Platz und
bestellte sich etwas. Viel Auswahl gab es nicht, das wenige
war sehr schwer und reich an Kalorien. Sie aß wenig und
schob den Teller beiseite, trank ihr Wasser aus und nahm
die Serviette, um sich den Mund abzutupfen. Als sie

genauer hinsah, bemerkte sie auf der Rückseite der Serviette etwas Geschriebenes. - aber im Augenblick kenne ich mich selbst nicht mehr - »Das konnte Lenny unmöglich gehört haben. Der Motor war viel zu laut,« dachte Lisa. Sie blickte sich um, sah aber weder Lenny noch seinen Wagen. Die Frau hinter der Theke schaute freundlich, sagte aber nichts und wandte sich den anderen Gästen zu. Lisa nahm die Serviette, legte fünf Dollar auf den Tisch und ging zu ihrem Wagen. Sie drehte sich eine Zigarette und schlenderte zum anderen Ende des Parkplatzes. Der Wind wehte kräftig vom Land auf die See hinaus und Lisa hatte mühe, sich die Zigarette anzuzünden. Der Strand war nicht weit und Lisa konnte einen Wagen in der Ferne fahren sehen. Er hatte die Form eines Pick-up Trucks aber mehr konnte sie nicht erkennen. Der Rauch ihrer Zigarette stieg hoch und wurde vom Wind davon getragen. Lisa sah den Schwaden nach. Ihre Gedanken beruhigten sich. Sie fuhr zurück in ihr Zimmer und nahm das Tagebuch und den Kugelschreiber aus dem Rucksack. Sie sah das Schreibgerät an und sinnierte darüber nach. War es nicht der Kugelschreiber, mit dem sie damals ihren Trainingsplan in der Küche geschrieben hatte? Nach diesem Weihnachten, als Lucy in ihr Leben gebracht wurde? Gedankenversunken strich Lisa über die Bettdecke, als ob es der Golden Retriever wäre, der sie so lange begleitet hatte. Lucy war an Altersschwäche gestorben, ein Jahr bevor Rob eingeschläfert werden musste. Lisas Hände krallten sich in die Bettdecke und Tränen schossen ihr in die Augen. Sie liefen einfach herunter, ohne Weinkrampf, ohne Atemnot.

- Schreiben bringt manchmal Klarheit - ihr Tagebuch war schon fast vollgeschrieben. Sie fuhr fort - Lenny hat mich gefunden, er hat sich um mich gesorgt. Er hat aber auch seinen Job gemacht. Warum war ich so barsch zu ihm? Ich habe keinen Grund. Es ist ein Ranger. Aber auch ein Mann. - Die Gedanken wollten nicht wirklich fließen, es waren mehr Stichpunkte, die Lisa schrieb. Sie legte alles weg und streckte sich auf dem Bett aus. Lennys Blick, sein Truck, der Schlag auf den Kopf, die Ärztin, die Serviette alles ging ihr durch den Kopf. Ungeordnet und immer verschwommener.

Tom sprang aus dem Traktor und begrüßte Lisa fröhlich. »Rob und Lucy haben einen neuen Schlafplatz,« frohlockte er. »Ich habe ihnen eine neue Hütte gebaut. Komm!« Lisa nahm Toms Hand und beide liefen über den Hof. Am anderen Ende war aber ein Strand, Lisa war verwirrt.

»Du hast doch gesagt, hier wäre eine neue Hütte?« Tom war schon weiter gegangen. Lisa folgte ihm, erreichte ihn aber nicht. »Tom!« Rief Lisa. »Nimm mich mit, ich möchte Dir folgen!« Toms Silhouette verschwand und Lisa spürte Wasser an ihren Füssen. »Immer versprichst Du mir etwas und dann...« Rief sie in einen dichten Nebel hinein. »Du kannst Dich nicht verstecken, Du wirst Dich irgendwann selbst lieben müssen.« Lisa stand vor einem Spiegel und sah auf sich selbst. Ihre Hände und Füße waren mit Fell überzogen und ihr Gesicht war das eines Hundes. »Ich bin doch hier!« Hörte sie ihre eigene Stimme. »Hier!« Hallte es immer lauter und durchdringender. »Hier drinnen!«

Vorsichtiges Vertrauen

Als Lisa erwachte, war sie durch geschwitzt und fror. Es war schon hell und sie packte ihren Rucksack und fuhr zum Strand. Ohne zu denken und ohne zu zögern. Der Parkplatz war leer, sie fuhr ganz nah an die Treppe, die zum Strand führte und stieg aus. Sie wollte ihre Gedanken zu ende denken und irgendwie den Kopf frei bekommen. Ängste abschütteln, Erinnerungen vom rauen Wind verwehen lassen.

Lisa lief den ganzen Strand entlang. Es war wieder Ebbe und sie fand einige Muscheln. Allerdings wollten die Gedanken nicht verschwinden. Sie dachte an den Traum der letzten Nacht. Es hatte sich gut angefühlt, Toms Hand zu spüren. Aber dann kam sofort wieder dieses bekannte Gefühl des stehen gelassen werdens, dass ihr Tom zum Schluss immer häufiger vermittelt hatte. Sie dachte an Anna. Ihre Umarmungen, ihre Stimme und ihr Lachen. Lisa weinte. Erst langsam, dann immer schneller nacheinander schüttelten sie Weinkrämpfe. Lisa setzte sich und vergrub ihr Gesicht in ihrem Schoß. Immer wieder kamen Bilder vor ihr geistiges Auge. Die Nacht mit Anna und den zwei Hunden, philosophierend und lachend, Pläne schmiedend. Bilder der Hundeschule, in der Anna sich zu einer kompetenten Hundekennerin entwickelt hatte und sie beide gemeinsam auf einer Wiese standen, stolz auf ihr Ergebnis ihren Traum zu leben. Lisa schüttelte abermals ein heftiger Weinkrampf. Sie konnte nicht mehr, sie wollte nicht mehr weinen. »Anna!« Schrie sie in den Wind, kaum mehr richtig atmend. Entkräftet sackte sie in sich zusammen.

Lisa fuhr zusammen. Ein Schatten beugte sich über sie und zwei Hände hoben ihren Kopf. Was sie wahrnahm, war, dass sie getragen wurde und keine Kraft hatte, sich zu wehren. Sie wurde gar nicht richtig wach. Die Schritte des Trägers schaukelten ein wenig und sie spürte eine kalte, aber weiche Lederjacke an ihrer Wange. Regentropfen fielen auf ihr Gesicht und der Wind wehte eiskalt. Ihre Augen fielen immer wieder zu. Nach einer Ewigkeit spürte sie unter sich eine weiche Liege und nahm das Anlassen eines Motors wahr. Dann wurde sie bewusstlos.

Der Einstich einer Nadel war das Erste, was Lisa wieder bemerkte. Es war schon vorbei, als sie suchte, was oder wer das gewesen sein konnte.

»Can you sit up, please? Lisa, please sit up! Lisa?« Mrs. Forrester bemühte sich, Lisa wach zu bekommen. Fremde Kräfte richteten Lisa auf. Sie nahm ihre Umwelt immer schneller immer genauer wahr.

»M'am, I'm sorry,« versuchte Lisa sich zu entschuldigen. »It's ok, honey. Everything's ok. Don't worry.« Mrs. Forrester hatte eine sanfte Stimme und konnte ebenso sanft ihre Spritzen geben, die Lisa fast beiläufig registrierte. »The first one did hurt a little bit, but you won't realize the second one at all,« fuhr Mrs. Forrester fort. Lisa bemerkte, dass sie nichts, außer ein Leibchen trug und fragte nach ihrer Kleidung.

»Lenny got it, he's trying to wash and dry it for you,« antwortete Mrs. Forrester.

»Wie lange bin ich denn schon hier«? Fragte Lisa. »I'm sorry, how long am I here, M'am?« Korrigierte sich Lisa. »Must be three hours, Lisa. And don't call me M'am. My name is Julie. I'm Julie Forrester, Lenny is my cousin and we all now each other very well here in this dead end town.« Mrs. Forrester zog es vor, mit dem Vornamen angesprochen zu werden und schaffte so eine Atmosphäre, in der Lisa langsam Vertrauen gewann. »If you don't care for yourself, we've got to babysit you, honey!« Witzelte Julie. »You have to eat and drink a lot more.« Julie legte Lisa eine Wolldecke um und schob sie von der Liege, woraufhin Lisa wegzuknicken drohte. »See, you just fall down like a leaf from the tree,« sagte Julie und stütze Lisa, während sie sie zu einem Stuhl an einem Tisch führte. Etwas Joghurt Ähnliches stand in einer Schüssel vor Lisa und ein Glas Milch.

»I feel more like dust in the wind, Julie,« entgegnete Lisa. »That's definitely not the case, not yet. You are in a pretty good shape, but just undernorished,« klärte Julie sie auf. »Please, eat and drink what you find in front of you and I'll be watching you.« Lisa begann zu essen und zu trinken. Es schmeckte wie Frucht, sie konnte aber keine Stücke finden und etwas mehlig. Die Milch war stark gesüßt, aber es tat Lisa sehr gut. Nach einer Weile war sie fertig und gut gefüllt. »I just gave you some injections to get you over the first half an hour and the rest, what you just ate is Lennys recipe. Special indian fortifier. Nobody knows exactly the content, but it'll help you.« Julie war wesentlich gesprächiger als bei ihrer letzten Begegnung. Die Tür ging auf und die Sprechstundenhilfe kam herein, um Lenny anzukündigen. Er sah kurz zur Tür herein, wich aber zurück und gab Julie Lisas Kleidung.

Nachdem Lisa angezogen war und auf den Flur hinaus kam, fragte Lenny, ob alles in Ordnung sei. Lisa fühlte sich wach und kräftig.

»Kann ich eine Zigarette haben?« Fragte sie leise.

»Can she smoke, Julie?« Fragte Lenny nach.

»She shouldn't. I don't know if she can, but it won't kill her right at the moment,« antwortete Julie sarkastisch.

Lenny grinste und führte Lisa am Arm zum überdachten Eingang des kleinen Krankenhauses. Er drehte zwei

Zigaretten und schwieg. Durch die geschlossene Eingangstür sah er Julie am Telefon reden.

»She's ok, a little bit undernorished, but everything seems to be ok,« fasste Lenny in Worte, was er sah. Lisa sah ihn ungläubig an.

»...aber im Augenblick kenne ich mich selbst nicht mehr,« flüsterte sie leise. »Die Serviette?« Lisa sah Lenny fragend an.

Er lächelte. Seine harten Züge wurden weich und sanft. Fast schmiegten sich die Falten in sein Lächeln, sie unterstützten es und verringerten so auch Lisas Angst.

»Mein Großvater war taub. Er konnte perfekt von den Lippen ablesen, diese Fähigkeit gab er mir weiter.« Lenny gab Lisa Feuer und sie blies den Rauch hoch in die Luft. Der Wind hatte nachgelassen und der Regen aufgehört. Lisa sah Lenny fragend an.

»How did you, ich meine, wie haben sie mich denn heute gefunden?« Lenny holte tief Luft, blies den Rauch seiner Zigarette aus und sah ernst aus.

»Lisa, sie haben sich so schlecht ernährt, dass sie umfallen. Ich sehe sie fast nur verweint und etwas tief in ihrer Seele bedrückt sie. Das ist nicht schwer zu bemerken. Ich bin fremd für sie, das verstehe ich. Aber ich kann ihnen nur anbieten zuzuhören. Wenn sie allerdings weiter so machen wollen wie gestern und heute, kann ich ihnen nicht garantieren, dass ich immer zur rechten Zeit am rechten Ort bin. Heute war es nicht lebensbedrohlich, aber unterkühlt im Regen am Strand zu liegen, von Unterernährung erschöpft, ist kein Zeichen, dass ich mich beruhigt. Mrs. Forrester meinte, ich solle darauf achten, dass sie etwas zu Kräften kommen. Sie mögen das Essen bei Dairies zwar nicht sehr, aber sonst könnte ich ihnen nur meine Kochkünste anbieten.«

Lisa überlegte. Sie blickte auf seine Uniform, erkannte Abzeichen und Abkürzungen, die sie nicht kannte. Er war fremd, sollte sie mitgehen? Andererseits hatte er sie gefunden und ihr das Geld, ohne dass etwas gefehlt hätte, wiedergegeben. Jetzt hatte er sie schon wieder gerettet und sich fürsorglich gekümmert.

»Ich mag das Essen dort wirklich nicht sehr. Zu fett und zu...« Sie suchte nach schonenden Begriffen, »...anders.« Lenny lächelte und signalisierte Verständnis. Sie ergriff die Initiative. »Ich möchte mich duschen, umziehen und dann würde ich mich über ihre Kochkünste freuen. Holen Sie mich dann ab? So gegen sieben?«

Als Lenny kurz nach sieben auf den Parkplatz des Hotels, in dem Lisa wohnte, fuhr, stand sie bereits vor der Tür und sah nachdenklich aus. Er stieg aus dem Wagen und begrüßte sie, bemerkte aber Lisas Zögern.

»Was ist los, Lisa? Haben sie es sich anders überlegt?«

Lisa sah ihn an und schwieg. In diesem Augenblick versuchte sie, ein Risiko zu beurteilen, verwarf die Überlegungen jedoch schnell wieder. Wenn er gewollt hätte, wäre sie ihr Geld schon längst los. »Also los,« sagte sie schließlich und stieg in den Wagen. Lenny bewohnte ein Haus am Rand des Ortes. Es war in der Nähe des kleinen Krankenhauses, aber näher an der Küste. Als sie vor dem Haus standen, erkannte Lisa, dass es sich um eine große Hütte aus Holz handelte. Alles war ein wenig schief, aber nicht alt oder improvisiert. Nur das Geodreieck schien beim Bau gerade nicht zur Hand gewesen zu sein. Lenny ging vor und als Lisa durch die Tür ging, stand sie unmittelbar im Wohnzimmer. Fast ein Teil dessen war die Küche, die durch eine Theke abgetrennt war. Zwei Türen gingen links davon in andere Räume. Die Decke war sehr niedrig, was dem ganzen Ambiente aber eine sehr stimmungsvolle

Betonung gab. Lenny machte sich an die Arbeit und brutzelte etwas, schenkte ihr Saft ein und deckte zwei Essensplätze an der Theke. Während in einem Topf die Kartoffeln kochten, schnitt er einen großen Fisch geschickt in zwei Hälften, trennte den Kopf ab, hob die Gräten sauber ab und entließ den armen Kerl in die Hitze des Öls in der Bratpfanne. Lisa beobachtete ihn und drehte sich eine Zigarette.

»Ich habe noch nie eine Frau gesehen, die selbst dreht,« bemerkte Lenny.

»Ich habe noch nie einen Mann gesehen, der so geschickt einen Fisch zerteilt,« erwiderte Lisa. »Wollten Sie mir nicht erzählen, warum sie so gut Deutsch sprechen?« Fügte sie hinzu.

»Wollten Sie mir nicht erzählen, welche Bank sie erleichtert haben?« Lenny lächelte und sah Lisa dabei tief in die Augen. »Ich war Soldat in der Army. Stationiert in Berchtesgaden. Dort habe ich meine Frau kennengelernt und wir haben wundervolle Jahre in Deutschland verbracht. Kinder waren uns nie beschieden. Vor sechs Jahren ist sie gestorben und ich bin zurück nach Vancouver gegangen. Da habe es aber nicht mehr ausgehalten. So bin ich hier gestrandet. Nun bin ich Ranger in diesem Ort, Städtchen ist fast zuviel, also an diesem schönen Plätzchen und wache darüber, dass keiner Unsinn anstellt, den man in verträumten, romantisch verblendeten Romanen lesen kann.« Lisa hörte aufmerksam zu und bemerkte, dass der strenge Blick Lennys sich gewandelt hatte. Er hatte seine Uniform gegen Jeans und T-Shirt getauscht. Seine muskelbepackten Arme waren zu sehen, ein durchtrainierter Körper und kein Gramm Fett auf dem Bauch. Er war gut einen Kopf größer als Lisa und seine Stimme war tief und etwas rauchig. Als der Fisch fertig war, nahm Lenny neben ihr Platz und hob das Glas, um mit Lisa anzustoßen. »Vielen Dank, Lenny,« kam sie ihm zuvor. »Können wir das Sie jetzt mal beiseite lassen? Dann denke ich nicht daran, dass Sie ein Staatsbeamter sind.«

»Gerne, Lisa...« Er lies Lisa das Glas leeren und schenkte sofort nach. »Bitte trinke mehr, Mrs. Forrester hatte mich nochmals angerufen. Deine Blutwerte sind nicht in Ordnung. Du bist dehydriert. Das ist Ahornsirup. Gesund und nahrhaft.«

»Julie?« Fragte Lisa nach. »Sie hat mir erzählt, dass Du ihre Cousin bist.«

»Ja, das stimmt. Eigentlich war sie es, die mich in diesen Ort bugsiert hatte.«

Das Essen schmeckte fantastisch. Lisa hatte lange nicht mehr so gut gespeist und fühlte sich immer besser.

»Ich habe überhaupt nicht mehr auf mich geachtet. An manchen Tagen habe ich eine Dose Cola und einen Bagel zu mir genommen,« sinnierte Lisa.

»Du bist heute den vierten Tag den ganzen Strand abgelaufen. Dein Kalorienverbrauch ist ein vielfaches und sehr viel zu zehren hast Du ja nicht auf den Rippen.« Lenny sah Lisa an. In ihrem T-Shirt sah man ihre Konturen sehr deutlich und Lisa versuchte erst gar nicht, das Gegenteil zu behaupten.

»Das geht schon seit knapp einem Monat so,« erzählte Lisa. »Ich habe einfach keinen Hunger. Nichts schmeckt mir und ich betrachte Essen als lästig.«

Lenny sah auf Lisas leeren Teller und grinste.

»Ja, das hat mir jetzt mal richtig geschmeckt,« bemerkte Lisa und zog die Augenbrauen hoch. »Wieso weißt Du eigentlich, dass ich den vierten Tag am Strand war?«

»Na, ganz einfach. So viele Touristen sind zur Zeit ja gar nicht da. Ich habe neun Pärchen gezählt, drei davon sind gestern abgereist, bleiben zwölf Menschen, die hier fremd sind. Eine davon zu beobachten, wie sie immer wieder nur knapp der Flut entgeht, ist relativ einfach. Du hast Dir immer die Ebbe ausgesucht, bis auf die Tatsache gestern früh, das war nicht lustig. In dem Felsen, wo Du hinwolltest, ist eine kleine Höhle, sie wird bei Flut aber vollständig gefüllt. Vor sechs Jahren, als ich hier anfing, habe ich ein kleines Mädchen herausgeholt. Das war kein Spaß.« Seine Stimme wurde wieder streng. »Schilder sind eben auch zum Lesen da.« Lisa nahm ihre Zigarette, die sie vor dem Essen gedreht hatte und suchte Feuer. Lenny holte ein Feuerzeug aus einer Schachtel. Es war nagelneu und legte es ihr wortlos hin. Es war ein Zippo, genau wie das, was sie verloren hatte. Auf der Vorderseite befand sich eine Gravur eines Ahornblattes. Sie nahm es in die Hand, öffnete es mit ihrem Daumen, zündete es und verschloss es auf die gleiche Art wieder. Lenny lächelte und räumte die Teller beiseite.

»Meine Ohren sind wie zwei Antennen auf Empfang,« forderte er Lisa auf. Sie blies den Rauch hoch an die Decke und begann zu erzählen:

»Also gut. Meine Geschichte. Kommt vielleicht etwas durcheinander, aber wenn Du Fragen hast, einfach raus damit. Ich weiß, es erscheint bestimmt merkwürdig, eine Fremde, die sich an einem Strand herumtreibt und 10.000 Dollar in der Tasche hat. Um genau zu sein, ich habe noch viel mehr. Aber das spielt alles keine Rolle für mich. Zu Hause...«, Lisas Stimme wurde ganz kurz sarkastisch, »ha, zu Hause, wie das klingt, na zu Hause eben, habe ich weitere 30.000 Euro. Das sind 45.000 Dollar. Aber nicht aus einer Bank sondern aus einem Vermächtnis.« Lisas Stimme wurde stockend. Sie rang nach Worten und Lenny bemerkte, dass tiefe Gefühle in ihr hochkamen. »Ich will

174

aber nicht mehr weinen,« rief sie laut. »Ich kann nicht mehr!«

Lenny nahm Lisa am Arm und lotste sie zu einer Sitzgruppe mit zwei Sesseln. Er nahm die Flasche mit Ahornsirup, die Gläser und den Aschenbecher. Dann holte er Tabak und drehte sich eine Zigarette. Er hatte auch ein Zippo Feuerzeug, öffnete und entzündete es mit einer einzigen Bewegung. Lisa beobachtete ihn und bremste sich. »Du kannst mir ja gar nicht folgen. Also der Reihe nach.« Sie erzählte ihm von Stefan, ihrer Scheidung. Dann erzählte sie die Geschichte bis zum Umzug in das Haus von Elli, Sepp und Tom. Als sie mit den Berichten über Tom fertig war, weinte sie kurz, schluckte die Tränen aber sofort wieder herunter. Dann sprang sie zeitlich zu ihren Kindern, wie sie jetzt lebten und dass sie ihren Weg gingen, wie sie das auch mal für sich geplant hatte. Als sie ihr Handy aus der Tasche kramte und die Nachrichten vorlas, wurde ihre Stimme sanft und ruhig. Lenny hörte ihr aufmerksam zu und unterbrach Lisa nur, um kurze Zwischenfragen zu seinem Verständnis zu stellen. Die Hundepension wurde schließlich zu einer Hundeschule ausgedehnt.

»Wir haben so viel verdient, dass wir unsere Reserven nicht anzutasten brauchten.« Lisa wurde nachdenklicher. »Nach dem Tod von Maria wurde die Beziehung zu Sepp für Anna immer schwieriger. Sie war keine psychologisch geschulte Therapeutin, weißt Du? Er hat sich hängen lassen und uns mit herunter gezogen. Das wollten wir irgendwie vermeiden. Es ging aber nicht. Unsere Leben waren so tief verstrickt, dass jede Regung seinerseits bei uns einen Effekt hatte. Vor einem Monat hat er dann abends bei Anna angerufen,« Lisas Ton wurde traurig. »Er war in einer Kneipe im Nachbarort und hatte sich wieder mal vollaufen lassen. Sie wollte ihn abholen und ihm am nächsten Tag die

Meinung geigen.« Sie hielt inne, um einen Anlauf zu nehmen. Lisa konnte nicht mehr weiter erzählen. Die Tränen, die sie die ganze Zeit unterdrückt hatte, bahnten sich ihren Weg. Lenny reichte ihr ein Päckchen Taschentücher. »Niemand konnte mir die Geschichte richtig erzählen, weil sie wahrscheinlich niemand weiß.« Ein heftiger Weinkrampf unterbrach Lisas Erzählung. Sie beugte sich nach vorne und begrub ihr Gesicht in ihren Händen. »Ich kann nicht mehr, Lenny,« schluchzte sie.

Er setzte sich zu Lisa auf die Lehne des Sessels und hielt seine Hand auf ihre Schulter. Er wollte nur ihre Atmung beruhigen, aber der Weinkrampf schüttelte Lisa und sie vergrub ihr Gesicht in Ihrem Schoß. Lenny legte beide Arme um Lisa und versuchte, sie zu beruhigen. Sie musste atmen, damit sie nicht wieder in Ohnmacht fiel. Lisa richtete sich auf und vergrub ihr Gesicht auf Lennys Schulter.

»Lass es raus, Lisa,« ermunterte er sie, ihren Gefühlen nachzugeben. Nach einigen Minuten hatte Lisa sich wieder gefangen. Ihre Tränen hatten auf Lennys T-Shirt einen sehr großen Fleck hinterlassen und Lisa war es peinlich. Er winkte ab und holte aus der Ecke seines Zimmers ein anderes T-Shirt. Als er das Alte auszog, sah Lisa auf seiner Brust eine riesige Tätowierung. Es mussten Stammeszeichen sein, oder etwas mit tieferer Bedeutung. So etwas hatte sie jedenfalls noch nie gesehen. Er zog das neue T-Shirt an und reagierte nicht auf ihren Blick. Er drehte eine Zigarette und legte sie Lisa hin. Als er sich auch eine gedreht hatte, bemerkte er Lisas Blick auf seinen Oberarm. Auch hier hatte er eine Tätowierung. Es war der Kopf eines Wolfes, dessen Augen Lisa streng ansahen. Sie forderten gleichzeitig den Betrachter auf, Abstand zu wahren. Sie kannte diesen Blick von Hunden. Es war das eindeutig Zeichen, sich zurückzuziehen. Lenny beobachtete Lisa weiter.

»Hast Du sehr viel Erfahrung mit Hunden? Du hast von einer Hundepension gesprochen, die zu einer Hundeschule wurde.« Lisa überlegte. Die Frage war sehr genau gestellt und wies in eine bestimmte Richtung.

»Mit Wölfen habe ich keine Erfahrung,« gestand sie.

»Mit freien Wölfen brauchst Du Dich auch nicht auszukennen, die sollte man lieber in Ruhe lassen.« Er stand auf und ging hinaus. Lisa hörte seine Schritte und Tapser von einem vierbeinigen Zehenläufer. Lenny kam zur Tür herein und hatte einen Wolf an der Leine bei sich.

»Das ist Ry,« sagte er. »Ich brauche Dir nicht den Unterschied zwischen einem Hund und einem Wolf zu erklären?« Lisa wusste, dass Wölfe niemals richtig domestiziert werden konnten. Sie hatten ihre Instinkte und ließen sich auch durch freundliches Getue nicht davon abbringen.

»Er ist soweit, dass ich ihn neben mir liegen lassen kann, wenn ich arbeite. Schlafen würde ich dann trotzdem nicht,« fuhr er fort. »Du kannst Dich mit ihm langsam vertraut machen. Ich setze ihn auf seinen Platz an der Wand, damit er Dich beobachten kann, in Ordnung?« Lenny legte ein großes Jagdmesser auf den Tisch. »Er ist seit einem Jahr bei mir und war damals ein Welpe, als ich ihn gefunden habe. Aber ein Wolf ist ein Wolf.«

»Was hast Du mit ihm vor?« Wollte Lisa wissen.

»Er hört dem anderen Teil Deiner Geschichte zu,« erwiderte Lenny. »Du hast seit vier Tagen nichts anderes gemacht, als am Strand zu sitzen und zu weinen. Du bist heute Nachmittag zusammengeklappt vor lauter Tränen und nun ...« Er nahm Lisa am Arm und bedeutete ihr

Verständnis, »... und nun weinst Du beim Erzählen wieder so heftig, dass ich mir allergrößte Sorgen mache.«

Lisa verstand, was Lenny meinte, wollte es aber nicht zugeben. »Ich habe eigentlich alles erzählt, was Du wissen müsstest.« Lenny blickte Lisa lange an. Er saß in seinem Sessel und sein Blick durchdrang Lisa auf magische Weise. »Schicksalsschläge sind das Eine,« begann er. »Ich habe Menschen sterben sehen, ich habe damals das tote Mädchen aus der Höhle geholt. Ich habe die Eltern von diesem Mädchen weinen sehen und ich habe selbst geweint, als meine Eltern starben.« Lenny blickte, ohne wegzuschauen, Lisa immer noch in die Augen. Dieser Blick war mehr als provozierend. Sie konnte einfach gehen, sie war ein freier Mensch. Der Wolf sah Lisa auf unheimliche Weise an. Lenny bemerkte ihren Blick auf Ry.

»Wenn Du einem Wolf Schwäche zeigst, wird er Dich als Beute betrachten. So gnadenlos ist der Instinkt.« Er machte eine Pause und deutete Lisa, sich wieder zu entspannen. »Wenn Du Deinem Gewissen Schwäche zeigst, wird es Dich gnadenlos als Beute betrachten und Dich Dein ganzes Leben jagen. Bis Du nicht mehr kannst.«

Lisas Mund war trocken. Sie folgte angespannt Lennys Worten. Wie konnte dieser fremde Mensch, dem sie zwar ihre ganze Geschichte erzählt hatte, aber schlüssig bis zum Schluss keine Frage offen stehen gelassen hatte, so tief in sie vordringen? Lenny stand auf, nahm Ry an die Leine und brachte ihn nach draußen. Als er wieder hereinkam, saß Lisa immer noch wie versteinert in ihrem Sessel. Er nahm Platz, griff nach seinem Glas und starrte in die Flüssigkeit darin.

»Du trägst etwas mit Dir herum, Lisa,« sagte er leise. Seine Stimme klang ruhig, aber mahnend. Lisa war ergriffen von seiner Fähigkeit, Situationen zu provozieren. Sie als

178

Rebellin, die sich von nichts und niemandem etwas hatte sagen lassen, die ihrem Mann die Zähne gezeigt hatte, ließ sich von Lenny vom Strand schicken ohne einen einzigen Widerspruch zu zeigen.

»Glaubst Du eigentlich, dass Du die Herrschaft über alle Lebewesen hast?« Fragte sie. Lenny lächelte und drehte sich zu Lisa um. Er streckte ihr seine Hand entgegen und wartete darauf, dass sie sie nahm. Sie zögerte lange, nahm die Hand aber schließlich.

»Ich spüre, welchen Gedanken Du gerade hast. Aber nein, ich glaube das nicht. Und es steht mir auch nicht zu. In keinster Weise. Ich nehme mir aber die Freiheit heraus, zu sagen, was ich denke, wenn ich es für richtig halte.«

»Ich sage, was ich denke und tue, was ich sage,« ergänzte Lisa diesen Gedanken.

»Falsch,« erwiderte Lenny. »Ich denke, dann bewerte ich das. Wenn es in meine Zielsetzung passt, sage ich Dinge, die das unterstützen können. Dass ich nicht tue, was ich nicht will, ist Konsequenz. Und dass ich nichts behaupte, wovon ich nicht überzeugt bin, ist Integrität. Wenn Menschen etwas tun, was sie augenscheinlich nicht wollen, ist dies nur eine Lüge ihrerseits gegenüber den eigenen Zielsetzungen. Sie sind nicht ehrlich zu sich selbst.« Lisa musste innerlich zugeben, dass diese Sicht einige Konflikte löste, die Tom provoziert hatte.

Lisa hielt Lennys Hand immer noch fest. Sie löste den Griff und begann zu erzählen. »Ich glaube, es hat viel mit Tod zu tun, aber auch mit einer Art von Bereicherung.« Sie blickte Lenny in die Augen, glitt mit ihrem Blick auf den Wolf auf seinem Oberarm und verharrte dort. »Dieser Blick signalisiert mir Ehrlichkeit. Und Du hast mich gerade auf etwas hingewiesen. Also. Der Reihe nach.« Lisa drehte sich eine Zigarette, stellte sich dabei so geschickt an, dass sie noch eine zweite drehte und sie Lenny reichte. Sie gab ihm Feuer und blies ihren eigenen Rauch in sein Gesicht. Er blies zurück und wartete auf ihre Worte.

»Entschuldigung, war keine Absicht. Also. Ich habe Lucy, meinen zweiten Hund, oder vielmehr Annas Hund, wessen auch immer, ich habe ihn durch den Tod von zwei Menschen bekommen. Das Haus, in dem ich bisher wohnte, hat Maria zu einem Viertel Anna vererbt. Durch Annas Tod bin ich also jetzt die Eigentümerin. Dazu hat Anna mir noch ihre ganzen Ersparnisse vererbt.« Lisa war erstaunt über ihre eigene Sachlichkeit.

»Gut, und?« Wollte Lenny wissen. »Das ist nicht der Grund für Deinen Schmerz.«

Lisa konnte es nicht fassen, dass Lenny so tief in sie vorgedrungen war. Es gab keinen anderen Weg, als ihm alles zu erzählen.

»An dem Abend, als Anna Sepp abholen wollte, hatte ich mir Sorgen gemacht, als sie eine Stunde später noch nicht zurück war. Ich bin wieder aus dem Bett gestiegen und habe mir einen Tee gemacht. Dann habe ich mich dazu gezwungen, meinem Gefühl nicht zu folgen. Anna und ich hatten viele Diskussionen, was in einer Freundschaft den anderen einengt und damit zu einem Problem wird. Also habe ich mir in meinen Kopf gehämmert, dass ich nicht vor Ablauf von drei Stunden fahren würde, es wäre schon nichts passiert. Wie sähe das denn aus, wenn ich ihr hinterher fahren würde. Ich ging also zu den Hunden, saß da und streichelte sie, während ich nachdachte. Dann, nach zweieinhalb Stunden, habe ich mich endlich auf den Weg gemacht um Anna zu suchen. Die normale Straße war regennass, aber mir ist nichts aufgefallen. In die Wirtschaft wollte ich nicht, also bin ich eine Abkürzung, von der ich wußte, dass sie sie gefahren sein könnte, zurück gefahren.«

Lisa starrte auf Lennys Tätowierung. »Ihr Wagen,« sie schluckte vernehmlich und Griff nach Lennys Hand, »ihr Wagen lag im Feld auf dem Dach. Ich bin hingerannt und wollte sie aus dem Wagen holen, habe aber die Tür nicht aufbekommen. Ich habe gezerrt und zum Schluß dagegen getreten. Nichts zu machen. Dann bin ich zum Auto zurück und wollte die Feuerwehr alarmieren. Doch ich blöde Kuh hatte mein Handy nicht dabei. Also bin ich nach Hause gefahren und habe die Notrufnummer angerufen. Dann bin ich sofort wieder zur Unfallstelle zurück und sah bereits die Einsatzfahrzeuge kommen.« Lisa atmete vernehmlich und spürte Lennys Händedruck. Sie nahm seine Hand hoch und spielte verlegen mit seinen Fingern, während sie immer noch den Wolf auf seinem Arm fixierte. »Ich habe so viele Fehler gemacht, dass ich Schuld bin an ihrem Tod. Der Arzt sagte, sie hätte noch ungefähr eineinhalb Stunden gelebt.« Lenny spürte ihre Verzweiflung, setzte sich wieder auf die Lehne des Sessels und legte seine Arme um sie. Lisa versteckte ihr Gesicht in seinen Armen.

»Und dann bist Du weg gerannt?« Fragte er leise.

»Ich habe vor einiger Zeit ein Buch gelesen. Der Schwarm. Kennst Du es? Naja, ich wollte die, wie hattest Du es vorher genannt, die verträumten, romantisch verblendeten Dinge aus diesem Roman sehen.«

Lenny schwieg. Er nahm ihren Kopf sanft in seine großen Hände und strich mit einer Hand über ihr Haar. »Und bist 300 Meilen nördlich davon gelandet?« Er ließ sich wieder in seinen Sessel sinken und blickte Lisa an. »Ich habe bei der Rettung des kleinen Mädchens aus der Höhle auch einen Fehler gemacht. Ich bin zurück gerannt um Ausrüstung zu holen. Die war aber sowieso nicht im Wagen, was ich erst sah, als ich dort war. Dann bin ich wieder zur Höhle gerannt und habe versucht zu tauchen, was das kalte Wasser dann aber nicht mehr zuließ. So stand ich halb dort, halb nass und habe sie schreien hören. Auf einmal war ihre Stimme weg.« Lennys Stimme stockte zum ersten Mal. »Ihre Eltern haben mich verklagt, aber der Richter befand mich nicht für schuldig.«

»Aber Du Dich selbst?« Fragte Lisa leise.

»Als Ranger musst Du wissen, ob Deine Ausrüstung im Wagen ist. Als Ranger darfst Du nicht zögern, wenn eine Notsituation besteht.« Lenny sprach in strengem Ton.

»Was ist denn Deiner Frau passiert?« Lisa stellte die Frage, während sie besänftigend ihre Hand auf seinen Arm legte.

»Ja,« Lenny machte eine lange Pause. »Das ist wahrscheinlich die Vorgeschichte zu dem Unglück mit dem Mädchen.« Er stand auf und holte ein Foto aus seiner Schreibtischschublade. Er reichte es Lisa. »Das ist Tina. Meine Frau. Exfrau, ich meine...«, Lisa hatte Lenny noch nicht nach Worten ringen hören. »Also,« fuhr er mit ruhiger Stimme fort. »Es war an einem Urlaubstag in Berchtesgaden. Wir fuhren mit dem Motorrad und genossen die Sonne, die Luft und die Gegend. Die Berge um uns herum, wir erkundeten neue Straßen. In einer Kurve befand sich ein Ölfleck, ich spürte, dass die Maschine zu rutschen begann und konnte sie leider nicht mehr abfangen, das Hinterrad schmierte weg und wir stürzten. Da wir nicht mehr schnell gewesen waren, stand ich sofort wieder auf und wollte Tina und die Maschine von der Straße schaffen. Tina war dabei aufzustehen, sie war aber nicht schnell genug von der Straße weg und ein Autofahrer, der zu schnell die Kurve genommen hatte erwischte sie mit der Seite seines Wagens. Sie schleuderte auf meine Seite. Sie sah mich dabei so erschrocken an...« Lennys Stimme wurde rau, er räusperte sich. Lisa nahm seinen traurigen Blick wahr. »Ich sprang zu ihr, um sie zu halten. Aber sie war schon tot.«

Lisa sah Lenny tief in die Augen. Sie waren feucht und er kämpfte sichtlich mit Tränen.

»Außer meinem Großvater habe ich die Geschichte so genau noch niemandem erzählt. Bei den anderen endete sie schon vorher.«

»Gibst Du Dir die Schuld?« Fragte Lisa nach. »Du kannst doch nichts dafür,« fügte sie hinzu, aber Lenny nickte schon.

»Ja, Lisa.« Lenny nahm sein Glas und trank es leer. »Ich habe falsch und zu langsam reagiert. Als Commanding Officer der U.S. Army wirst Du darauf trainiert, extrem schnell den Überblick über eine Situation zu bekommen und schnell zu reagieren.« Lisa wurde still. Es gab parallelen in ihrer Geschichte. Sie wollte einfühlsam nachfragen, wie Lenny die Situation verarbeitet hatte, aber er kam ihrer Frage zuvor.

»Danach habe ich meinen Dienst quittiert und bin zurück gegangen. Meine Cousine hat mich gebeten hierher zurück zu kommen. An den Ort meiner Familie. Ich habe zwei Jahre bei meinem Großvater gelebt. In einer kleinen Hütte oben am Berg. Ich begann als Ranger zu arbeiten und dann passierte die Geschichte mit dem Mädchen. Mein Großvater starb vor vier Jahren. Er hat mich vieles gelehrt. Konnte mir die Schuldgefühle, die ich hatte erklären und eine Einstellung zum Leben zeigen, die ich so vorher noch nie gesehen hatte. Er starb in meinen Armen und ich konnte Frieden schließen mit allem.« Lenny stand auf und holte einen Stein aus seiner Jackentasche. Er gab ihn Lisa. »Dieser Stein ist seit Jahrhunderten im Besitz unserer Familie. Es gibt viele Geschichten um ihn. Aber eine ist wirklich wahr. Jeder Großvater hat ihn seinem Enkel im Augenblick des Todes in die Hand gelegt.«

Lisa betrachtete den sehr runden, wunderschön gezeichneten Stein. »Er strahlt etwas aus, Lenny.«

»Ja, er strahlt etwas aus. Es sind die Kräfte jeder Generation. Sagt die Überlieferung.«

Lisa stutzte und erhob die Augenbrauen. »Sagt die Überlieferung?« Wiederholte sie.

Lenny nahm den Stein und steckte ihn wieder zurück in seine Jackentasche. Dann setzte er sich, drehte sich eine Zigarette und zündete sie an. Er blies den Rauch durch seine Nase aus und sah Lisa lange an. »Die Wahrheit ist, dass die Kraft in Dir liegt. Es ist nicht der Stein. Es ist nicht irgendein Ritual. Mein Großvater hat mich gelehrt, der Wahrheit ins Auge zu blicken und trotzdem zu mir selbst zu stehen. Es passieren Dinge im Leben. Viele schöne und viele schreckliche. Oder zumindest unangenehme.« Lenny sprach sehr leise. Lisa hatte aber keine Mühe, ihm zu folgen. Das Timbre seiner Stimme trug die Worte. Er stand auf und steckte das Jagdmesser in seinen Schaft. Dann nahm er einen Revolvergurt und band ihn sich um. Lenny warf Lisa ihren Parka zu und öffnete seinen Gewehrschrank, holte eine großkalibrige Waffe heraus und schnappte seine Jacke. Erstaunt folgte Lisa seiner Aufforderung, mit hinaus zu kommen.

»Ich möchte Dir etwas zeigen,« sagte Lenny und zeigte mit der Hand auf seinen Pick-up. »Ich komme gleich, nimm' schon mal Platz, Lisa.«

Sie beobachtete, wie Lenny Ry aus seinem Zwinger holte und anleinte. Er brachte den Wolf auf die Ladefläche des Trucks. Lisa konnte ihre Gedanken nicht richtig greifen, der Abend war angefüllt mit Ernsthaftigkeit, Unbekanntem aber auch mit Vertrauen. Ein tiefes, unerklärliches Vertrauen.

Zuletzt hatte Lisa das bei Maria, Sepp, Tom und Elli verspürt. Nun war dieses Gefühl wieder da, aber sollte sie diesem Gefühl vertrauen? Lenny war fremd, die Umgebung war unbekannt für Lisa, aber sie fühlte sich trotzdem geborgen. Die Gedanken darüber lösten sich auf, als Lenny mit einem Lächeln einstieg und wie selbstverständlich Lisa das Gewehr gab, um es zu halten. Er startete den Motor und fuhr langsam und behutsam den Schotterweg zur Straße hinauf, bog nach links in Richtung der Berge ab und summte eine indianische Melodie. Nach weniger als fünf Minuten bog Lenny von der Straße ab und hielt vor einem dichten Gestrüpp.

»Jetzt geht's zu Fuß weiter, alles OK mit Dir, Lisa?« Erkundigte er sich.

»Du bist ja neben mir.« Lisa verbarg ihre Angst hinter diesen Worten.

Lenny nahm Ry, öffnete Lisa die Tür, um auszusteigen, und nahm ihr das Gewehr ab. »Wir sind im Wald. Es ist Nacht. Ry warnt mich, bevor ich etwas bemerken kann und schließlich bin ich hier aufgewachsen.« Der Wolf lief an der Leine neben Lenny und Lisa, die sorgsam ihre Schritte wählte und zwischen Ihrem zweibeinigen und ihrem vierbeinigen Begleiter hin und her blickte. Lisa sah in der Dunkelheit sehr wenig und hakte sich bei Lenny unter. Er wechselte die Hand, mit der er das Gewehr trug und hatte nun die rechte Hand frei. Lisa nahm seine Hand und sah Lenny an, der aber ihren Blick nicht erwiderte und sehr aufmerksam die Umgebung studierte, auf Ry blickte und ab und zu in den Himmel sah. Das Dickicht der Bäume und Sträucher wurde lichter. Lisa konnte im Mondschein den Weg wieder finden und lies Lennys Hand los. Etwas knackte hinter ihr im Gebüsch, sie sah zu Ry, dann zu

Lenny. Beide waren ruhig und schenkten dem Geräusch keine Beachtung.

»Wir sind nicht allein,« bemerkte Lisa.

»Wir sind niemals allein,« entgegnete Lenny. »Wenn Du denkst, auf dieser Welt die Abgeschiedenheit finden zu können, kannst Du sie finden, aber die Einsamkeit von der viele Menschen sprechen, findest Du nur in Dir selbst.« Lenny steuerte auf einen Trampelpfad vor ihnen zu und nahm Lisas Hand. »Komm, es ist nicht mehr weit, wir haben eine sehr schöne Nacht. Die Tiere sind ruhig und das Wetter ist uns auch entgegengekommen.«

Lisa sah in den Himmel. Die Wolken waren völlig verschwunden. Vereinzelt sah sie Sterne durch die Baumspitzen funkeln.

»Es gibt so viele Dinge, die es zu sehen gibt. So wunderschöne Dinge, die sich manche Menschen gar nicht vorstellen können,« fuhr Lenny fort. »Du kannst nichts tun, wenn diese unangenehmen Dinge im Leben geschehen. Du kannst sie manchmal nicht verhindern. Es ist der Lauf der Dinge und Menschen halten sich für mächtig, für sehr mächtig, alles nach ihren Vorstellungen gestalten zu können. Es fängt an mit dem kleinen Jungen, der – ich will aber – sagt und seine Eltern möglichst nachgeben. Um seine Entwicklung nicht zu behindern, um ihre Schuld abzutragen, die sie sich aufladen, weil sie sich auch oft mit anderen Dingen beschäftigen.«

Lenny sprach sehr ruhig, obwohl sie beide relativ zügig marschierten. Lisa wollte seinen Gedanken nicht unterbrechen, sie drückte kurz seine Hand fester, fast als Aufforderung, weiter zu sprechen.

»Mit Dingen, die sie von Ihrer Welt gezeigt oder angepriesen bekommen. So wird auch dieser Junge groß ohne zu erkennen, welche Dinge ihn ihm stecken. Es sind die Äußerlichkeiten, auf die Wert gelegt wird. Aber auch das, was Du tust. Für Deine Karriere, deinen Status. Jemand der viel Geld verdient, weil er anderen noch mehr Geld aus der Tasche lockt, jemand, der eine Firma führt oder jemand, der unglaubliche Sachen anhäuft wird bewundert. Ein Schauspieler, ein Sänger werden bewundert. Menschen werden bewundert, obwohl sie vielleicht skrupellos sind.«

»Manche verirren sich auch auf der Suche nach dem Sinn,« warf Lisa ein.

»Ja, sie spüren eine innere Unruhe. Eine Distanz zwischen ihrem Sein in der Welt und ihrem inneren Sein. Nichts ist im Einklang, gar nichts.«

»Aber auf dieser Suche befinden wir uns doch alle?« Fragte Lisa.

»Es ist aber nicht der Sinn des Lebens, nur auf der Suche zu sein. Wenn wir auf die Welt kommen, ist uns vieles schon gegeben, anderes müssen wir lernen. Der Sinn und auch die Sinnhaftigkeit der Dinge können die Frage beantworten, die viele Menschen bis zu ihrem Lebensende quält.« Lennys Stimme gab der Atmosphäre Gelassenheit. Sie hatte etwas von Toms Klang, war aber tiefer und voller. Ganz selten mischte sich ein rollendes R in die Worte. Wenn Lisa wegsah, konnte sie etwas bayerisch in seinem Ausdruck heraus hören. Aber wenn sie ihn ansah, war er ein sehr indianisch aussehender Mann. Seine harten Gesichtszüge wurden von den freundlichen, sanften Augen und seinen Lachfalten umspielt. Wo war der strenge Blick, den Lisa bei den ersten Begegnungen und auch heute noch das eine andere Mal gesehen hatte? Lenny fuhr fort.

»Wenn ich recht überlege, hat mein Großvater eine unglaubliche Leistung vollbracht. Dadurch dass er taub war, konnte er nicht alles so ausdrücken wir wir es gewohnt sind. Aber er hat es fertig gebracht, mir alles was ich Dir erzählt habe mitzuteilen. Er hat sehr gut beobachtet. Sehr viel musste er anders wahrnehmen, wofür wir unsere Ohren benutzen. Er konnte die Tiere Lesen, das Wetter, die Augen eines Menschen. Nicht alles habe ich bis ins die kleinste Kleinigkeit verstanden, aber das, was er mir mitteilen wollte konnte er sehr gut vermitteln. Er hatte mich überrascht, als er hier in dem Wald ein Reh vor mir bemerkte.« Lenny unterbrach sich selbst mit einem gehauchten »sch...«.

Ry hatte den Schwanz gehoben und blieb stehen. Lenny versuchte zu erkennen, was Ry witterte. Etwas knackte im Gebüsch. Lisa konnte ihren eigenen Herzschlag hören. Es knackte nochmal vernehmlich, aber das Geräusch laufender Beine entfernte sich und Lenny wandte sich wieder seinen Gedanken zu.

»Ich bin westlich erzogen worden, ging zur Schule, dann Army und Deutschland, Heirat.« Lenny nahm die Leine und das Gewehr in die andere Hand und wechselte die Seite, um Lisa anzusehen. Das Mondlicht schien hell in ihr Gesicht. »Mein Großvater hat mir beigebracht, was übrig bleibt, wenn all die vielen Dinge um uns herum nicht mehr sind und uns ablenken. Wenn all die äußeren Stimmen schweigen, die inneren Stimmen in Dir selbst verstummen und nur noch eine einzige spricht. Die deines Herzens.« Lenny machte eine lange Pause. Sie gingen noch einen Steinwurf weit über den Trampelpfad, dann wurden die Bäume wieder dichter um gleich danach die Sicht auf ihr Ziel freizugeben.

Lisa sah, was Lenny ihr zeigen wollte. Sie war übermannt von dem, was sie erblickte. Es war ein großer See, der sich bestimmt zwei Kilometer in alle Richtungen erstreckte. Dahinter war in der Ferne ein Gebirge zu erkennen, dass im Mondlicht erstrahlte. Der Mond selbst war voll und schien in einer Klarheit auf den See, dass Lisa sich an ein kitschiges Bild aus dem Internet erinnert sah. Die Sterne funkelten in einer Klarheit, die Lisa so noch nie erblickt hatte. Sie konnte die Milchstraße erkennen und nahm wahr, dass der ganze Himmel übersät war mit fernen Lichtpunkten. Lisa war fassungslos vor Erstaunen. Im Hintergrund hörte sie Wölfe heulen. Aber sie hatte keine Angst. Die Gefühle, die sie in den letzten Wochen betrübt hatten, schienen sich langsam, fast unmerklich aufzulösen. Sie konnte ihre Tränen zwar noch verstehen, war aber weit entfernt davon, diesen Schmerz zu spüren.

»In den Momenten meines tiefsten Schmerzes, hat mein Großvater mich an diesen Platz mitgenommen. Hier hat er mich nachts hingebracht, wenn der Mond am Himmel stand. Es musste der volle Mond sein, damit ich auch die Magie des Augenblicks erleben würde.« Lennys Stimme bekam einen mystischen Klang. Die Kraft seines ganzen Wesens lag in ihr. »Dann, wenn ich also von meinen Problemen erzählen wollte, hörte er mir ruhig zu. Als ich fertig war, sagte er ich solle ihm alles erzählen, was mich betrübt. Es gab immer noch ein kleines Bisschen, was ich in mir versteckt hatte. Jeder hat zu Allem seinen Teil dazu beigetragen. Wir waren nicht schnell genug, zu langsam, haben uns aufhalten lassen oder waren verwirrt. Er sagte dann: Ich möchte nicht wissen, warum Du Dir Vorwürfe machst oder ob Du in Selbstzweifeln zerfließt. Ich möchte wissen, ob Du in einer dunklen, klaren Nacht am Rande des Abgrunds stehen kannst und dem vollen Mond zurufst: Ja!« Lenny fügte noch etwas in indianischer Sprache hinzu. »Entschuldige,« erklärte er sich. »In diesen Augenblicken grüße ich meinen Großvater.«

Lisa sah zu dem großen Mann neben sich auf. Sie blickte ihm tief in die Augen und fragte sich, wie viel Leid dieser

Mann wohl mitgemacht haben musste. Wie konnte sie, aus einem fremden Land, einer fremden Kultur einfach in sein Leben schneien und ihn mit ihrem Müll belasten? Wie viele Menschen verlieren einen geliebten Partner, vielleicht ihre eigenen Kinder und geben sich auf? Sie stehen wie Jammerlappen am Abgrund, klagen ihr Leid und zerfließen in Selbstmitleid? Wie viele Menschen werden daraufhin verbittert und tun das nicht mehr, wofür sie vielleicht bestimmt waren? Anderen zu helfen oder andere aufzurichten und ihnen Beistand und Kraft zu geben? Lisa konnte den Blick nicht von diesen Augen lassen. Lenny hatte sie aufgehoben. Er hatte zugehört und sie getröstet. Dann hat er sie in ihrem wunden Punkt getroffen, ohne verletzend zu sein, ihr aber sofort wieder einen Weg zum Verständnis gezeigt. Wer war dieser Mann? War es ein Zeichen des Lebens, das sie hier war? Musste sie erst die Schmerzen des Verlustes spüren, um zu begreifen, was das Leben bedeutete? Wozu sie eigentlich auf diesem Planeten war? Der Mond schien in sein Gesicht und zeigte seine Falten deutlich. Sie waren tief, gezeichnet von tiefster Trauer und Schmerz. Aber nun stand er hier neben ihr und wies ihr einen Weg in die Zukunft. Einen Weg, um mit diesen Schmerzen umgehen und leben zu können, ohne zu verzweifeln. Lisa zog ihn langsam zu sich heran und drückte ihn fest an sich. Dann lies sie ihn los und ging an den Rand des Sees. Sie blickte auf den Mond und holte tief Luft. »Ja!« Rief sie aus Leibeskräften in die Nacht. Sie sah Lenny tief in die Augen und wiederholte laut: »Ja!«

- Ende -

Danksagung

Für das Entstehen dieser Erzählung ist niemand verantwortlich. Doch glückliche Begebenheiten haben verhindert, das es nie entstand oder auf nimmer wiedersehen verschwand.

Den Menschen, die daran beteiligt waren, möchte ich hiermit danken.

Meinem besten Freund Götz, der einer Fügung gleich, noch eine Version des ersten Skriptes hatte.

Meiner lieben Partnerin Marion, die den Anstoß in einer Unterhaltung gab, es wieder anzusehen und fertig zu schreiben.

Euer beider Liebe erfüllt mich.